तारों तले अँधेरा

तारों तले अँधेरा

महाश्वेता देवी

अनुवाद

सुशील गुप्ता

वाणी प्रकाशन

वाणी प्रकाशन

4695, 21-ए, दरियागंज, नयी दिल्ली 110 002

शाखा

अशोक राजपथ, पटना 800 004

फ़ोन : +91 11 23273167 फ़ैक्स : +91 11 23275710

www.vaniprakashan.in
vaniprakashan@gmail.com
sales@vaniprakashan.in

TARON TALE ANDHERA
by Mahashweta Devi
Translated by Sushil Gupta

ISBN : 978-93-86799-67-8
Novel

प्रथम संस्करण

मूल्य : ₹ 175

सिटी प्रेस, दिल्ली-110 095 में मुद्रित

वाणी प्रकाशन का लोगो मक़बूल फ़िदा हुसेन की कूची से

आधी रात को दरवाज़े पर खटखटाहट हुई।

नींद में पहले तो मुझे ऐसा लगा कि भ्रम हुआ है। उसके बाद, मैंने साफ-साफ सुना कि कोई दरवाज़े पर थाप दे रहा है और जाने कौन तो मेरा नाम ले-लेकर पुकार रहा है।

मुझे आश्चर्य हुआ। यहाँ मुझे इस ढंग से कौन पहचानता है?

मध्यप्रदेश की पंचवर्षीय योजना के तहत एक शिल्पकेन्द्र के इस सीमान्त अंचल में, मैं किसी सरकारी काम से आया था। पहले तो मुझे लगा था कि बांग्लादेश से छह सौ मील दूर, यह निर्वासन मुझसे बर्दाश्त नहीं होगा। जन्मों से परिचित कलकत्ता के लिए मेरा मन हमेशा खिचता रहेगा।

लेकिन जाने कैसे तो मैं इस जगह से प्यार कर बैठा। बेहद खूबसूरत, बेहद निर्जन जगह है यह। इसकी एकमात्र सम्पदा है, शाल पेड़ों का रिज़र्व फॉरेस्ट!

मैं कलकत्ता निवासी हूँ। नयी सेक्रेटरिएट बिल्डिंग से ऊँची कोई इमारत मैंने जीवन में नहीं देखी। यहाँ आकर, इन शाल पेड़ों की उन्नत-उदार महिमा ने मुझे पल भर में मुग्ध कर लिया। इन पेड़ों ने मुझे जीत लिया। ईषत्

झूमते-लहराते, माटी की छाती से आसमान की ओर सिर उठाये देखते रहते हैं ये पेड़, यह देख-देखकर अक्सर मेरा मन किसी प्रसन्न उदारता से भर उठता है। वनस्पतियों के इस दल ने मुझे अपने ढेर-ढेर दुःख और आघात भूलने में मेरी मदद की है।

जाने कैसे तो यह जगह टूरिस्ट दफ्तर के 'भारत भ्रमण करें' पोस्टर की नज़र से छूट गया। अगर रेलवे की तरफ से इन सुन्दर-समुन्नत पेड़ों का पोस्टर बनता और कोयलाघाट स्ट्रीट कार्यालय पर लगता तथा दोपहर एक बजे लंच करने के लिए निकली हुई जनता उस पर जी भरकर पान की पीक फेंक-फेंककर उस पोस्टर को गन्दा कर देती, तो मुझे दुःख होता। ये तमाम पेड़ मानो महत् और बृहत्तर किसी उदार प्राणशक्ति के प्रतीक हों। उनकी अवमानना से मैं भी अपने को अपराधी महसूस करता।

उससे तो यही बेहतर हुआ। मन ही मन मैंने ही इस जगह को आविष्कार किया है, यह सोच-सोचकर मैं बेहद खुश हूँ। यह जगह भी यहीं थी, मैं भी था। जिस दिन हम दोनों मिले, उस दिन यहाँ की प्रकृति और अरण्य—सब कुछ का अथाह सौन्दर्य, एक परिपूर्ण अखण्ड रूप में मेरी नज़रों में भर उठा। यह भी एक किस्म का आविष्कार है, इस जगह को कोई नहीं जानता। यह जो मैं काम करते-करते आँखें उठाकर देखता हूँ, इन पेड़ों का उन्नत, महिमामय रूप देख पाता हूँ, बार-बार मेरा मन भी किसी अजानी उदारता से भर-भर उठता है, मानो यही अच्छा है, मानो यही ठीक है।

धीरे-धीरे यहाँ के लोगों से भी मेरी जान-पहचान हुई। जब मैं अख़बार लेने के लिए स्टेशन गया, स्टेशन-मास्टर ने खुद ही आगे बढ़कर मुझसे परिचय किया। एक दिन मुझे चाय पर भी बुलाया। उनसे परिचित होकर मुझे भी बेहद अच्छा लगा। शहर में किसी इनसान से दिल का रिश्ता जोड़ने में समय लगता है। यहाँ इस सुदीर्घ फुर्सत के समय और कुछ करने को नहीं होता। इसलिए यहाँ ये सब परिचय, ये सब मित्रता भी मूल्यवान लगती है।

स्टेशन मास्टर मेरा नाम जानते हैं।

लेकिन यह सिर्फ उन्हीं की आवाज़ नहीं है। कोई और भी परेशान लहजे में मुझे आवाज़ दे रहा है, "बादल'दा! दरवाज़ा खोलो! बादल'दा, दरवाज़ा खोलो।"

दरवाज़ा खोलते ही, जो अन्दर दाखिल हुआ, उसे देखने के लिए मैं

बिल्कुल तैयार नहीं था। वह कुमुद था! हमारे विजय का छोटा भाई, कुमुद!

कुमुद से आखिरी बार मैं आज से दो वर्ष पहले मिला था। दफ्तर से बदली का आदेश लेकर मैं बाहर निकल रहा था। कुमुद से भेंट होते ही मैंने शायद उससे कहा था—"नयी जगह जा रहा हूँ।" और जैसा कि मैंने बहुत से लोगों से कहा, शायद कुमुद से भी कहा होगा—"फुर्सत मिलते ही चले आना। नयी जगह है, सैर के लिए आ जाना।" खैर, अब मुझे याद नहीं।

क्या वही बात याद करके वह चला आया? लेकिन, ऐसा तो नहीं लगता। मेरे कुछ पूछने से पहले ही कुमुद भाँय-भाँय रो पड़ा।

उसने कहा, "जल्दी स्टेशन चलो, बादल'दा, भइया ने खुदकुशी कर ली।"

"क्या कहा?"

"भइया ने खुदकुशी कर ली। तुम जल्दी स्टेशन चलो, बादल'दा।"

"कौन विजय? विजय दास ने खुदकुशी कर ली?

कुमुद की ओर देखते हुए, यह असम्भव बात, मैंने दिमाग़ के सहारे समझने की कोशिश की। विजय दास! जिसे हम प्रॉमिथ्यूअस अनड्रोंड कहा करते थे। जो शख़्स दुःसाहसी प्रॉमिथ्यूअस की तरह ही आसमान से आग चुराकर समस्त जीवन को आलोकित करने के सपने देखता था, हम सबको भी दिखाता था, उसी विजय ने खुदकुशी कर ली? विजय का उन्नत माथा, सूखे स्वर्णाभ बालों का गुच्छा और बेचैन प्राणवन्त आँखें, मेरे मन में तस्वीर की तरह तैर रही थीं। आज वह तस्वीर एक बार फिर जीवन्त हो उठी। विजय ने क्या वाकई खुदकुशी कर ली?

मुझे विमूढ़ देखकर कुमुद ने मेरे पैरों को धकियाकर कहा, "चलो, बादल'दा! देर मत करो। तुम्हारे पाँव पड़ता हूँ।"

जल्दी-जल्दी बदन पर कुर्ता डालकर मैं बाहर निकल पड़ा। कुमुद पूरे रास्ते रोता-रोता गया।

उसने कहा, "हम अच्छे-खासे आ रहे थे, भाई ने कोई गोलमाल नहीं किया। लेकिन अचानक जैसे ही बम्बई मेल गुज़री..."

छोटा-सा स्टेशन! स्टेशन की घड़ी में दो बजने में तीन मिनट बाकी था। इस समय बम्बई मेल पास करती है और फोर्टीन-अप अपनी चाल धीमी कर देती है। दोनों ट्रेनें जब पास करती हैं, तो गुम्-गुम् का ऐसा शोर गूँजता है

कि कितनी ही रातें मेरी नींद टूट गयी है। ट्रेन की आवाज़ काफी दूर चले जाने के बाद भी रात की निःशब्दता उसके बाद भी, कितनी देर-देर तक काँपती हुई स्थिर हो आती थी और मुझे लगा कि इस ट्रेन के साथ, इस विलीयमान् शब्दों के साथ मेरा भी संगी होना तय था।

स्टेशन पर तेज़-तेज़ रोशनी जलती हुई!

स्टेशन मास्टर और कई एक कुली एक जगह को घेरे खड़े थे। मुझे देखकर स्टेशन मास्टर आगे बढ़ आये।

उन्होंने कहा, "देखिये, क्या काण्ड हो गया। आपका नाम लेते ही, ये भलेमानस आपको पहचान गये।"

कोई बात सुने बिना ही, मैं आगे बढ़ गया। विजय प्लेटफॉर्म पर लेटा हुआ था। उसकी वह स्वस्थ-सुन्दर देह! जिसे लेकर वह गर्व से सिर ऊँचा किये शान से घूमता-फिरता था, आज वही शरीर असहाय भंगिमा में प्लेटफॉर्म पर धूल-धूसरित पड़ी है, यह देखकर मुझे जबर्दस्त धक्का लगा। विजय इस मुद्रा में पड़ा रहेगा और मैं खड़ा-खड़ा देखता रहूँगा? ऐसा तो मैंने कभी नहीं सोचा था।

स्टेशन-मास्टर विवेचक व्यक्ति थे। उन्होंने विजय का समूचा शरीर कम्बल से ढँक दिया था। कच्चे-पक्के बालों से भरा सिर, एक बीभत्स कोण बनाता हुआ, एक ओर ढलका हुआ था। एक हाथ आँखों पर पड़ा हुआ! चारों तरफ थक्के-थक्के खून! खून इतना लाल होता है और कम्बल के रंग से इस ढंग से मिल जाता है, यह मैं नहीं जानता था।

विजय के उस हाथ की उँगलियों में, मैंने ऐसा कुछ देखा, मानो कोई असहाय गुहार, कोई पराजय या और भी कुछ दुर्बोध...मैं बता नहीं सकता! वे उँगलियाँ विजय के अनेक दिनों की, अनेक आशा-भंग की प्रतीक हों!

वह मंजर देखकर मेरे पाँव काँपते रहे। मुझे लगा, यह सबकुछ असम्भव है। किसी रात का दुःस्वप्न! मुझे इस रात के अँधेरे में आवाज़ देकर, मुझे बहला-फुसलाकर बुलाकर, यह दुःस्वप्न दिखा रहा है। विजय दास इस भंगिमा में पड़ा है, यह भला कैसे सम्भव है? मेरा मन हुआ, उसे आवाज़ दूँ और पूछूँ—"क्या-क्या चाहा था? बताओ, विजय, कौन-कौन-सी चाहत थी? इन हाथ की मुट्ठियों में क्या पकड़ना चाहते थे? जो चाहा था, वह नहीं मिला,

इसीलिए यूँ हाथ फैला रखा है? या इस परिणति को रोकना चाहा था? इस परिणति का आह्वान करके, बाद में डर गये थे? क्या तुमने यह सोचा था कि आँखें ढँक लेने से, कुछ देखना नहीं पड़ेगा?

ऐसी रात किसी के भी जीवन में न आये। कहाँ थाना, कहाँ पुलिस-खबर देते-देते रात गुज़र गयी और सुबह हो गयी। डॉक्टर ने पहले तो सर्टिफिकेट देने से इनकार कर दिया। कुमुद ने जब विजय की मानसिक अस्वस्थता के बारे में कागजात दिखाये, तब जाकर वह राज़ी हुआ। सारे हंगामे निपटाकर, एक छोटे-से झरने के किनारे विजय का दाह-संस्कार करने में दोपहर ढल गयी।

कुमुद को साथ लेकर मैं एक काली चट्टान पर आ बैठा। आस-पास का परिवेश देखकर यह ख़्याल आया कि विजय दास की आखिरी शय्या लेने के लिए वाकई यह उपयुक्त माहौल है। जीवन की जो विस्तृति, जो सीमाहीन व्याप्ति सिर्फ सपना बनकर विजय को इशारा करती रही, मौत के बाद यह परिवेश मानो उसका थोड़ा-सा क्षतिपूरण कर गयी। चारों तरफ शाल वन, ऊपर अनन्त आकाश और आस-पास ऊबड़खाबड़ माटी के दिगन्तव्यापी प्रान्तर की उदारता और प्रशान्ति क्या विजय को ज़रा भी स्पर्श नहीं करेगी? उसे बूँद भर भी शान्ति नहीं देगी?

कुमुद को शान्त करने की जिम्मेदारी मेरी पत्नी ने ले ली। तीन दिन बाद उसे कलकत्ते की ट्रेन में सवार करा आया। ऐसा लगा, इस शोक में भी उसे थोड़ी-बहुत सान्त्वना मिली है।

ट्रेन छूटने से पहले कुमुद ने उदास मुस्कान बिखेरते हुए कहा, "पता है, बादल'दा, अन्त में भाई भी कहीं से जी गया। ऐसा जीवन लेकर जीये जाना उसके लिए भी अभिशाप बन गया था। हम सब कुछ भी नहीं कर पाये...भाई को इस तरह देखते रहना भी...जो हुआ, अच्छा ही हुआ! बस, माँ के लिए ही फिक्र होती है। उन्हें तो यह सब समझाया नहीं जा सकता।"

विजय की माँ! उस शान्त, दुःखिनी महिला की याद हो आयी, जितनी तकलीफ होगी, उस माँ के दिल को ही होगी। उनकी छाती सूनी हो जाएगी।

उसके करीब छह महीने बाद, मैं छुट्टी लेकर कलकत्ता आया। विजय का ज़िक्र छेड़ते ही और एक जबर्दस्त धक्का लगा। कोई इनसान क्या इसी तरह

ख़त्म हो जाता है? कोई इनसान जब गैर-जरूरी हो जाता है, तो उसे इसी तरह निर्मम मज़ाक़ करना पड़ता है?

जिसने जो हमदर्दी जतायी वह सिर्फ मुँहज़ुबानी थी।

दिलीप ने कहा, "बड़े ही दुःख की बात है! लेकिन, विजय बहुत दिनों पहले ही खारिज हो चुका था। बहुत दिनों से तो वह सभा-समितियों में भी नज़र नहीं आता था। आजकल वह क्या कर रहा था, इसकी भी जानकारी नहीं मिलती थी। सच्ची, सोचने बैठो, तो कैसा तो अजीब लगता है। है कि नहीं?"

बूला राय और पिकपिक सोम वगैरह की खबर दिलीप ही लाया था।

उसने कहा, "वह क्या न्यूरोसिस का शिकार हो गया था? कितना ट्रैजिक हुआ। मिसेस सोम तो पहले पहचान ही नहीं पायीं। थोड़ा ठहरकर उन्होंने कहा—फ्रस्ट्रेशन...कुण्ठा इनसान को क्या बना देती है, देखो!"

माधवी के पास मैं नहीं गया! उसके लिए तो विजय बहुत दिनों पहले ही खत्म हो गया था। ख़बर पाकर वह भी मुँहज़ुबानी हमदर्दी जताएगी और उसके बाद अपने बाल-बच्चों या पति की कोई सुविधा-असुविधा में व्यस्त होकर, विजय को भूल जाएगी—यह देखने का मेरा बिल्कुल मन नहीं था।

ख़बर पाकर दिल्ली से अरुण ने बेला को विजय की माँ के पास भेज दिया था। विजय के घर में बैठकर भी यही लगा कि इसी बीच रिक्तता भरने लगी थी। बेला और अरुण के बेटे को पाकर विजय की माँ को थोड़ी तसल्ली मिली थी। बातचीत से यह भी लगा कि अब वे सुजय की शादी के बारे में सोच रही हैं। वहाँ से उठकर आते ही मैंने देखा कि दीवार पर विजय के पिता की तस्वीर कि बगल में विजय की भी तस्वीर झूल रही थी।

यानी विजय भी तस्वीर बन गया। उसके अन्दर की आग, वह मन-प्राण की प्यास, ज़िन्दगी को मुट्ठी में पकड़े रहने का आग्रह—सबकुछ क्या इतना ही कमज़ोर था? इसीलिए सब झूठ पड़ गया?

सिलेक्ट की मीटिंग में अब कोई दूसरा व्यक्ति! किसी नयी प्रतिभा को लेकर सिलेक्ट के औरत-मर्दों में गहमागहमी! वहाँ मेरे लिए प्रमाण-पत्र किसी दिन भी नहीं था। इसके बावजूद एक दिन मैं कॉफी हाउस चला गया। मैंने देखा, वहाँ का परिवेश वैसा का वैसा ही था। मेज़ पर घिरे बैठे

लड़के-लड़कियाँ आज भी बहसबाजी में मुखर थे। मेरा यह जानने का मन हो आया कि ये लोग अब किन बातों पर चर्चा-परिचर्चा-बहसबाज़ी करते हैं।

कॉफी की प्याली पर मलाई की झीनी पर्त जमी हुई। हवा में सिगरेट के धुएँ के जाल उड़ते हुए। मैंने देखा किसी तरुण लड़के को घेरे हुए, कुछेक लड़के-लड़कियाँ बातचीत में मुखर थे। वह लड़का कभी ईषत् हँस पड़ता था, कभी अपने बालों में उँगलियाँ फेरते हुए, बातचीत के बीच-बीच में दो-एक मन्तव्य उछाल देता था। मैंने यह भी देखा कि कोई एक लड़की विस्मय-विमुग्ध निगाहों से उस लड़के को निहारे जा रही है। वह लड़का, वह लड़की, वह परिवेश—सबकुछ मेरे जाने-पहचाने थे। वह मंज़र देखते-देखते अन्दर ही अन्दर मैंने कहीं दर्द महसूस किया।

वह सब देखते-देखते मुझे विजय की याद हो आयी। यहाँ विजय को क्या, किसी ने याद रखा है? इस कॉफी हाउस ने इतने सालों में जाने कितने ही विजय दास को देखा है। यहाँ, इन सब लड़के-लड़कियों के बीच कितने ही विजय दास, कितनी प्रतिभा नयी-नयी चर्चा का विषय बनीं और फिर खारिज हो गयीं। सन् उन्नीस सौ अड़तालीस का विजय दास क्या उन लोगों को याद है? जब यहाँ की बत्तियाँ गुल हो जाती हैं, जब थके हुए जमादार फ़र्श और मेज़ पर झाड़ू लगाकर जली हुई सिगरेटें इकट्ठी करते हैं, जब बैरे टोकरी-टोकरी भरकर कप-डिश धो-धोकर रखते सजाते हैं, तब क्या इस हॉल-कमरे को कभी किसी विजय दास की याद आती है? या किसी कवि की वह बात, सिर्फ कविता भर है?

"I feel like one, who treads alone
Some banquet hall deserted,
Whose lights are fled,
Whose garlands dead,
And all but he deserted—"

इन सब यादगारों में भी क्या उन लोगों को विजय की याद नहीं आती?

मैं वापस लौट आया। लेकिन विजय को भूल नहीं पाया। किसी दिन विजय जानता था, इसलिए हमने भी जाना था कि इस समूची पृथ्वी की सृष्टि हुई है, विजय की अनुभूति में, विजय की उपलब्धि में स्वीकृति पाने के लिए। अपने अलावा, विजय को चाँद-सूरज तक नज़र नहीं आता था।

वही विजय कैसे तो धीरे-धीरे खारिज हो गया। दुनिया छोड़कर जाने के बहुत पहले ही, दुनिया ने उसे छोड़ दिया था। दुनिया की नज़रों में बहुत पहले ही विजय मर चुका था। इसीलिए उसकी देह की मृत्यु, सभी लोग इतने निर्विकार ढंग से ले पाये।

जब मैं अपने कर्मस्थल में लौट रहा था, तक ट्रेन के पहिये-पहिये में ढेर-ढेर बातें, ढेर-ढेर शब्द मुखर होकर, टुकड़े-टुकड़े ढंग से बिखरती रही। उस वक्त विजय के बारे में सोचते-सोचते मैंने चकित होकर देखा, कि मेरी नज़रें कॉफी हाउस में देखे हुए उस जवान लड़के की तरफ टिकी हुई हैं। मैं किसके बारे में सोच रहा हूँ? मैंने अपने मन को समझने की कोशिश की। मुझे लगा यह लड़का भी उस परिवेश और भक्त-मित्रों की स्तुति-प्रशंसा में अपने को नये सिरे से जान रहा है। वह अपने को उपलब्ध कर रहा है! उसके भी मन में उच्चाशा और स्वप्न-कामनाओं का रंग खिल रहा है–धीरे-धीरे! अनजाने में! वह भी सबको पीछे छोड़कर, सबकुछ को लाँघकर, अपने को देखना चाहेगा।

यह सब सोचते हुए मन में फिर कहीं दर्द जाग उठा! उसके प्रति ममता हो आयी! विजय दास जैसे लोग कभी, किसी दिन काम नहीं आते, लेकिन जब भी उनकी याद आएगी, उनके लिए अफसोस नहीं होगा? उसे प्यार नहीं करूँगा?

उन जैसों को प्यार किये बिना रहा कैसे जा सकता है? जब भी विजय को याद करूँगा, जैसे अभी कर रहा हूँ, उसे याद करते हुए उसके प्रति ममता और प्यार के साथ प्रगाढ़ दर्द नहीं उमड़ेगा?

विजय की ज़ुबानी बहुत बार सुनी हुई उस कविता के माध्यम से उसे याद करूँगा–

To remember, with love
To remember, with tears.

एक

बांग्लादेश के मामूली परिवार का बेटा—विजय! विजय के पिता, गोपाल बाबू, बीस वर्ष तक एक ही जूट-कार्यालय में विश्वस्त भाव से नौकरी करते रहे। गोपाल बाबू हमें याद हैं। सभी लोग कहते थे—बड़े भलेमानस हैं!

गोपाल बाबू का जीवन सीमाओं में बँधा-बँधाया था। उस जीवन में कोई विविधता नहीं थी। सवेरे उठकर बाज़ार करने जाते थे। दस बजे कोट के ऊपर कन्धे पर चादर डालकर यथारीति ऑफिस जाते थे। तीन बेटे, एक बेटी। तनख्वाह मिलती थी—सौ या एक सौ दस रुपये। परिवार के बजट में हमेशा ही कमी। वह कमी पूरी करने के लिए वे शाम को दफ्तर से ही लड़के पढ़ाने चले जाते थे। लड़के पढ़ाकर लौटते-लौटते रात के दस बज जाते थे।

उनके घर में महीने के शुरू दस दिन मछली पकायी जाती थी। बाकी

दिन निरामिष! स्कूल से लौटकर बच्चे भात खाते थे। छठे-छमासे मांस पकाया जाता या पूरी-पराँठे बनते थे—उस दिन सुजय, कुमुद और बेला की खुशी, उनका चेहरा देखकर समझी जा सकती थी।

किसी तरह जोड़ा-ताप्ती लगाकर गृहस्थी को खींचे लिए जाने की क्षमता विजय की माँ में मौजूद थी। वे उसी आय में तरह-तरह से मान-मनाकर, सुव्यवस्थित ढंग से गृहस्थी चलाने की कोशिश करती थीं। पुराना कुर्ता काट-काटकर, गोपाल बाबू के लिए रूमाल बना देती थीं। सोडा-साबुन से कपड़े-लत्ते धो-कचारकर पति और बच्चों की भद्रता कायम रखती थीं। विजय लोगों का घर काफी पुराना था। कमरे की दीवारों के छेद-दरार ढँके रखने के लिए, उन्होंने कमरों को कैलेण्डर से भर दिया था। वैसे भी कैलेण्डर और तस्वीरों के प्रति उनका अद्भुत आकर्षण था। वे जहाँ, जो भी पाती थीं, ला-लाकर दीवारों को ढँक देती थीं। पुरानी साड़ी रँगकर, खिड़कियों के लिए पर्दे बना लेती थीं। मुरमुरे-खील घर में ही भून लेती थीं। ईषत् छोटे कद की महिला! पतले बाल भरे हुए माथे पर सिन्दूर की बिन्दी! सोते हुए भी उनकी सिन्दूर-बिन्दी कभी मिटती नहीं थी। रक्तहीन, फीका, गोरा चेहरा, मानो सहनशीलता की प्रतिमूर्ति हों। बांग्लादेश की लाखों-लाखों माँ में एक माँ!

विजय का समूचा परिवार ही बेहद शान्त-शिष्ट था। विजय के भाई-बहन 'पूजा' में अच्छे कपड़े-लत्तों की फर्माइश नहीं करते थे; मैजिक या सर्कस देखने की ज़िद नहीं करते थे। मिठाई या लॉजेन्स नहीं खरीदते थे। दुकान-पाट की बगल से गुज़रते हुए वे लोग दूसरी तरफ नज़र घुमाकर चले जाते थे।

सभी लोग कहते थे—गोपाल बाबू ने अपने बच्चों को बहुत अच्छी शिक्षा दी है। सुजय, कुमुद, दोनों भाई-बहन, खेल-कूद के समय भी अपने साफ-सुथरे कपड़े बचा-बचाकर खेलते थे! उन लोगों ने मानो शैशव में ही जान लिया था कि धूल-धक्कड़ में खेलना-कूदना उन्हें शोभा नहीं देता।

समस्त परिवार के अभाव की जड़ में मानो कोई गुप्त समझौता था। यह सबकुछ उन लोगों ने जो किया था, वह सिर्फ विजय के लिए किया था। विजय उस परिवार में व्यतिक्रम था। विजय के समय गोपाल बाबू का एक

सौ बीस या पच्चीस रुपये महीने की आय का हिसाब उलट-पलटकर, चरम बेहिसाब हो गया था।

बड़ा बेटा विजय! जिस दिन छात्र पढ़ाने का तकाजा नहीं होता था, उस दिन गोपाल बाबू बेटों को लेकर बैठते थे। शाम को चटाई पर बैठकर लालटेन की रोशनी में, "धैर्य धरो, धैर्य धरो, हौसला रखो।" पढ़ाते थे, तो उन्हें लगता था कि ज़िन्दगी में वे जो-जो नहीं कर पाये, वह तमाम इच्छाएँ वे अपने बड़े बेटे के जरिये पूरी कर लेंगे। उनका बड़ा बेटा ही उनकी सारी इच्छाएँ पूरी कर देगा।

वे अपनी पत्नी से भी कहते थे, "उसका दिमाग़ काफी तेज़ है। इसी उम्र में उसकी मेधा देखकर, उसके मास्टर ने मुझसे कितनी-कितनी तारीफ की। सुनो, उसे तुम ज़रा दूध वगैरह भी दिया करो। स्नेह-पदार्थ के बिना क्या दिमाग़ पुष्ट होता है भला?"

उन दिनों विजय सच ही लायक और अच्छा बेटा था। देखने में सुन्दर! पढ़ने-लिखने में तेज़। हमलोग तभी से देखते आये थे कि उसके घर में तीन कमरे थे। सबसे छोटे कमरे में विजय पढ़ा करता था। वह कमरा अकेले उसी का था। बाज़ार से सौदा-सुलुफ लाते थे पिता और सुजय, कुमुद बाकी सब काम करते थे। भाई-बहन रसोई में बैठकर रोटी-गुड़ खाते थे और विजय को उसके कमरे में ही दूध, मोहनभोग या डबलरोटी पहुँचायी जाती थी, जो उनके घर में विलासिता समझी जाती थी। उसका नाश्ता माँ ही पहुँचा आती थी। गृहस्थी से विजय का कोई नाता-रिश्ता ही नहीं था।

विजय ने क़ाफी थोड़े-से दिन मुहल्ले के स्कूल में पढ़ाई की थी। विजय जैसे तेज़ छात्र के लिए उसके हेडमास्टर औसत राशि की छात्रवृत्ति पाने का सपना देख रहे थे। विजय इसी उम्र में आइन्स्टाइन का नाम जान गया था, अगर वह जीता रहा तो वह अजूबा बच्चा होगा, यह बात गोपाल बाबू को सुनाते हुए, मास्टर साहब, स्कूल से लौटते हुए बहुत दिनों विजय के घर में बैठकर, चाय-नाश्ते पर हाथ साफ कर गये थे।

ये सब बातें सुन-सुनकर, गोपाल बाबू अपनी पत्नी से कहते थे, "देखा? मास्टर साहब तो बी.ए. पास हैं। उनकी बातों का ज़रूर मोल है। जब वे कहते हैं, तो वह ज़रूर इनसान जैसा इनसान बनेगा।"

उसके पिता चूँकि खुद ज़्यादा पढ़-लिख नहीं पाये थे, इसलिए बी.ए, एम.ए. पास लोगों को वे आदर-सम्मान की दृष्टि से देखते थे।

उन्होंने कहा, "यह तो मेरी कही हुई बात नहीं है, यह तो किसी पढ़े-लिखे, शिक्षित व्यक्ति का कथन है। उनमें कितनी ज्ञान-बुद्धि है।"

लेकिन विजय को एक दिन लगा कि स्कूल की यह इमारत बेहद नमी भरी है, दीवारों पर नमक जमने लगी है, बोर्ड फट गया है, लड़के उसके साथ बैठने लायक नहीं हैं। विजय ने पिता से बात की और उसने हमारे स्कूल में दाखिला ले लिया।

पुराने स्कूल के हेडमास्टर साब उस सुदर्शन लड़के को सच ही प्यार करते थे। विजय जब स्कूल छोड़ आया, वे उसके घर आकर उसे आशीर्वाद दे गये।

उन्होंने कहा, "सेमिनरी ही ऐसे बच्चों के लिए उपयुक्त स्कूल है, गोपाल बाबू! आपने अच्छा ही किया। हमारे स्कूल का उसके लिए क्या मोल है?"

जाते हुए उन्होंने अपनी चादर के नीचे से एक किताब निकालकर गोपाल बाबू को थमा दिया और कहा, "विजय को दे दीजिएगा। उसे ऐसी किताबें पढ़ना बेहद प्रिय है।"

साधारण ज्ञान की एक अंग्रेजी किताब। मास्टर साब की यह आन्तरिकता गोपाल बाबू को छू गयी।

हमारे स्कूल के खूबसूरत परिवेश में आकर विजय ने काफी सहज महसूस किया। जाने कैसे अद्भुत ढंग से वह स्कूल में फिट हो गया। मुझे याद है, तभी से हम सब विजय में आकर्षित करने की अद्भुत क्षमता के प्रति सजग हो उठे थे। विजय का सारा कुछ विशिष्टता से भरा था। उसका चलना-फिरना, बातें करने की भंगिमा—हम जो भी देखते थे, हमें लगता था वह विजय का नितान्त निजी है।

इस वक्त वह बुद्धिदीप्त उजला माथा और आँखें याद आ रही हैं! कैसे हम सबने दिनोंदिन विजय की श्रद्धा करना सीखा।

नये लड़के, विजय दास ने, अपनी उपस्थिति के बारे में सबको, सबसे पहले अंग्रेजी क्लास में सजग किया।

अंग्रेजी सर ने एक दिन पूछा, "बड़े-बड़े वीर डर-भय किसे कहते हैं,

नहीं जानते। करेज यानी साहस...अच्छा, साहस किसे कहते हैं, बता सकते हो? तुम? तुम?"

विजय ने खड़े होकर कहा, "जी, करेज यानी साहस का मतलब हीनता नहीं है। भय का अस्तित्व स्वीकार करते हुए और उसे जीतकर आगे बढ़ने का नाम ही साहस है! करेज!"

"समझाकर कहो, क्या कहना चाहते हो?"

"मैं यह कहना चाहता हूँ, सर कि अँधेरे के बिना जैसे रोशनी की ज़रूरत को समझा नहीं जा सकता, पाप का कन्ट्रास्ट है, इसीलिए जैसे पुण्य की प्रकृत महिमा समझ में आती है, उसी तरह भय है, इसीलिए निर्भय साहस का मूल्य समझ में आता है। मैंने प्लूटार्क में पढ़ा है कि जंग के मैदान में जूलियस सीज़र को डर लगता था, फिर भी उस डर का प्रतिरोध तोड़ने के लिए ही वे साहसी हो उठे।"

"वीर लोग डरते थे, यह कहकर क्या उन्हें छोटा करना नहीं हुआ?"

"मुझे ऐसा नहीं लगता, सर! जोन ऑफ आर्क क्या आग देखकर डर नहीं गयी थीं? सीज़र घोड़े पर सवार होकर नदी पर छलाँग लगाते हुए क्या डरे नहीं थे? राजपूत महिलाएँ क्या चिता की आग देखकर डरती नहीं थीं? उसी भय को जीतकर, वे लोग भय को भय दिखाती थी। यही उनकी सार्थकता थी।"

"तुमने बहुत सुन्दर ढंग से समझाया! विलक्षण! तुम क्या नये आये हो? वा-ह! तुम्हारी निजी विचारधारा है। तुम आगे बेंच पर बैठा करो। मैं तुमसे बेहद खुश हुआ हूँ।"

हमारी ओर देखकर उन्होंने कहा, "तुमलोग भी इस ढंग से सोचना सीखो। बाहर से ज्ञान-आहरण करो, वर्ना क्या, कभी सीखा जा सकता है?"

सिर्फ क्या अंग्रेजी क्लास? इतिहास, भूगोल सभी क्लासों में ही नयी-नयी बातें कहकर, मास्टर लोगों के सामने तर्क दे-देकर, वाद-प्रतिवाद करके, एक हफ्ते के अन्दर ही विजय ने अपने को सुप्रतिष्ठित कर डाला।

विजय की तुलना में मुझे अपना आपा बेहद निष्प्रभ और तेज़हीन नज़र आया। मैं संस्कृत में लगातार प्रथम आता रहा था। मुझे खुद लगा कि यह मानो बेहद तुच्छ मामला है। मैं यीट्स का नाम नहीं जानता था। रवीन्द्रनाथ

ने 'जीवन देवता' कविता में क्या कहना चाहा है। इस बारे में मेरी कोई धारणा नहीं थी। मुझे लगा, मैं जो-सो फालतू-सा लड़का हूँ। सिर्फ रटन्त विद्या के सहारे नम्बर वसूल करता रहा। वैसे हमारे फर्स्ट ब्वॉय, दीपंकर ने कहा—"अरे, इन सब दगाबाज़ी और चकमेबाज़ी से कोई फ़र्क़ नहीं पड़ता। बादल, तू देख लेना, ऐसे लड़के बड़े सस्ते में बाज़ी मात करने के चक्कर में रहते हैं। परीक्षा होने दे, सब समझ में आ जाएगा।"

मैंने विजय से कहा, "विजय, छमाही परीक्षा में तुम्हें फर्स्ट आना है। इस दीपंकर को हराना होगा।"

"कौन दीपंकर?" यह सवाल करते हुए विजय ने तीखी-उजली आँखों से मेरी तरफ देखा।

उन निगाहों में ऐसा कुछ था, जिसे देखकर मुझे लगा मानो दीपंकर और उसका फर्स्ट होना, ये तमाम बातें विजय के लिए कितनी अप्रासंगिक थीं।

विजय ने ईषत् हँसकर कहा, "पहले परीक्षा आने तो दो।"

परीक्षा हो गयी! रिजल्ट भी निकला। दीपंकर यथारीति फर्स्ट हुआ था। वैसे अंग्रेजी, बँगला, इतिहास में विजय ने अच्छा किया था। लेकिन गणित में वह पास नहीं हो सका।

दीपंकर ने कहा, "देख लिया न? सुन, बादल, उसके चक्कर में पड़कर तू ज़रूर वार्षिक परीक्षा में बुरा रिजल्ट लाएगा। अभी तेरी समझ में नहीं आ रहा है।"

मैं बहस पर उतर आया।

मैंने कहा, "पता है, आइन्स्टाइन को भी गणित में गुल्ला मिला था? विजय बता रहा था।"

"पता नहीं, भइये, बड़ी-बड़ी बातें हैं। मैं तो सीधी-सी बात जानता हूँ। परीक्षा में अगर अच्छा नहीं किया, तो बापू मुझे ज़िन्दा नहीं छोड़ेंगे।"

मेरी ज़ुबान से फिर कोई शब्द नहीं निकला।

मैंने आपस में अपने दोस्तों से कहा, "सुन, भइये, विजय एक जन जीनियस है! उसे फर्स्ट होने की भला क्या ज़रूरत है?"

दीपंकर जो इस क़िस्म की बातें करता, यह तो स्वाभाविक ही था। उसके घर की शिक्षा-दीक्षा ही और तरह की थी। दीपंकर के पिता-काका-सभी

अच्छे छात्र थे! अब, सरकारी नौकरिया थे। धन-दौलत भी थी। इसलिए बेटे-बेटियों पर शासन और सख़्ती में कोई कमी नहीं थी।

विजय ने कहा, "वह भी अपने बाप-काकी की तरह, किसी कुर्सी पर जा बैठेगा, और क्या? आई सी एस होने की कोशिश करेगा। उस जैसे लड़कों का इससे ज़्यादा और क्या होगा?"

अच्छी तरह लिखाई-पढ़ाई करना या अच्छी नौकरी करना या आइ सी एस होना—इतने दिनों मैंने इन सबके प्रति श्रद्धा करना ही सीखा था। वह सब इतना तुच्छ है, इतने दिनों मैं जानता ही नहीं था। विजय की बातें सुनकर, मुझे इन सबकी समझ आयी।

सिर्फ दीपंकर ही नहीं, जो सब लड़के अपने निजी गुणों के कारण विशिष्ट थे, विजय मानो उन सबको बर्दाश्त नहीं कर पाता था। किसी एक सौरजगत में दो-दो सूरज नहीं हो सकते, इसी नियम के मुताबिक विजय को घेरकर जो मण्डली गढ़ उठी, दीपंकर उससे अलग हट गया। उसके साथ ही साइंस का छात्र, पार्थ और खेलों में चैम्पियन सलिल भी खिसक लिए। मैं, प्रणव, अनादि, अरुण, दिलीप—हम सब, ग्रह-उपग्रह की तरह विजय को घेरे रहे। हम सब मानो उसे घेरे न रहते, तो शायद उसकी अवमानना हो जाती।

पार्थ, सलिल और अन्यान्य लड़के हमें सौर-मण्डल कहते थे। विजय से ज़्यादा हिलमिल जाने के लिए, हम सब अन्यान्य दोस्तों से ज़रा दूर खिसक आये थे। इस वजह से हमें कभी-कभी रूढ़ विद्रूप भी सहन करना पड़ता था।

कोई बात पूछते ही सलिल कह उठता था, "मुझसे पूछ रहा है? विजय से आज्ञा ले ली है? उसकी अनुमति के बिना ही मुझसे बात करने चला आया? नहीं, बादल, अपने दोस्त के प्रति यथेष्ट विश्वसनीय नहीं हो।"

मेरे मन को चोट लगी। लेकिन विजय का दोस्त बनने के लिए ऐसे सब आघात तो सहन करने ही पड़ते। इसमें भी आनन्द था, गौरव था। हम साधारण लड़के यही सोचते थे।

बहरहाल, वह क्लास की पढ़ाई-लिखाई में भला नहीं था, तो क्या हुआ? विजय का चेहरा-मोहरा भी सुदर्शन हो उठा। वह धोती-कुर्ता पहनकर स्कूल आता था। उसकी चप्पल, उसके पाँव के आगे-आगे चला करती थी। सिर के बाल रूखे। लेकिन उसके पीछे काफी जतन था। सामने बालों का गुच्छा

उसके माथे पर झूलता रहता था। ईषत् सीधी भौंहों तले उसकी आँखें हमेशा बेचैन रहती थीं।

वैसे अच्छे लड़के अनेक थे, लेकिन स्कूल में विजय दास एक भी नहीं था।

ज़रूरी तफ्तीश के लिए स्कूल में इन्स्पेक्टर साहब आनेवाले थे। हेडमास्टर ने विजय को बुला भेजा।

उन्होंने कहा, "तुम्हें आवृत्ति करके सुनानी होगी।"

विजय तत्काल राज़ी हो गया। हॉल-घर में खड़े होकर, बालों के अन्दर उँगलियाँ फेरते हुए, वह सीधे सामने की तरफ देखता था। विजय के देखने की इस भंगिमा में एक विशिष्टता थी। वह सबको देख रहा था, फिर भी वह मानो किसी को भी नहीं देख रहा था—उसकी दृष्टि में ऐसा ही भाव हुआ करता था। उसके बाद, गहरी-गहरी आवाज़ में, एक अनुरणन की सृष्टि करते हुए, उसने आवृत्ति शुरू की। जब उसने ये पंक्तियाँ दुहरायीं—"मैंने जो देखा है गोपन हिंसा-कपट, रात्रि की छाया में हनता है निःसहाय को!" ऐसा लग रहा था, आँखों के सामने वह मानो किसी निशाचर द्वारा किसी पांखी की निष्ठुर हत्या-लीला! उन बोलों में जो यन्त्रणा थी, वह उसकी आवाज़ में फूट पड़ी।

जिस विजय की इतनी-इतनी प्रशंसा होती थी, वह परीक्षा में आशानुरूप रिजल्ट क्यों नहीं कर पा रहा है, गोपाल बाबू को इस बारे में अफसोस होता था। वे कभी-कभी हेडमास्टर के पास आ बैठते थे। वे बेटे के बारे में पूछताछ करते थे।

हेडमास्टर की तरफ से जवाब के बजाय सवाल होता था, "घर में पढ़ता-लिखता है?"

"किताब तो लिए रहता है।"

"ओफ ओ! वह पाठ्य-पुस्तक है या नहीं, यह तो आपको देखना चाहिए—"

गोपाल बाबू, हेडमास्टर की बात का कोई जवाब नहीं देते थे।

उन्होंने सिर्फ इतना ही कहा, "कितनी-सी तनख्वाह पर रिटायर करूँगा भला? काश, उसे अपने पैरों पर खड़ा कर पाता।"

गोपाल बाबू के कुर्ते की बाँह रफू की हुई थी। जूतों का भी बदहाल

चेहरा, मानो कितने ही दिनों से रंग-पॉलिश नहीं चढ़ाया गया हो। वे कुर्सी पर ज़रा झुककर बैठते थे। उनके चेहरे पर हमेशा ऐसा विनय-भाव खिला रहता था, मानो दुनिया का सबकुछ, सभी लोग उनसे श्रेष्ठ हों। उन्हें देखकर हेडमास्टर साब को उनसे हमदर्दी होती थी।

वे बोल उठे, "पता है, गोपाल बाबू, आपका बेटा बुद्धिमान है! कहना चाहिए, अपनी उम्र के मुक़ाबले उसमें ज़्यादा ही बुद्धि है। लेकिन पाठ्य-पुस्तकें पढ़ना तो ज़रूरी है न!"

पाठ्य-पुस्तक पढ़ना ज़रूरी है, यह बात तो गोपाल बाबू भी समझते थे।

वे विजय से भी कहते थे, "देखो, बाहरी किताबें पढ़ना अच्छी बात है। लेकिन बीच-बीच में स्कूली किताबें भी पढ़ना ज़रूरी है। हेडमास्टर साहब भी तो यही कह रहे थे।"

विजय ने अपने बप्पा की ओर ऐसे देखा, मानो उनकी बातें समझने में उसे परेशानी हो रही हो।

कभी-कभी विजय कहता भी था, "मुझे कुछ समझ में नहीं आ रहा है। ये सब किताबें पढ़ना अन्याय है? सर ने यह कहा?"

"नहीं, कहा तो नहीं, लेकिन..."

"ओफ ओ!" इतना कहकर विजय दोबारा अपने हाथ में थामी हुई किताब में डूब जाता।

बहरहाल, जो समझना ही न चाहे, उसे कौन समझाए? विजय धीरे-धीरे अपने ही प्रेम में डूबने लगा। उसकी अपने बारे में काफी ऊँची धारणा बनने लगी।

उसके माँ-बाप उसका अता-पता कैसे पाते? विजय घर की तीसरी मंजिल के कमरे में रहने लगा। कहाँ-कहाँ की लाइब्रेरी खँगालकर, साहित्य और इतिहास की किताबें लाकर; उसने अपना घर भर डाला।

हम लोग जब विजय के घर जाते थे, तो मौसीजी कहती थीं, "वह तो पढ़ रहा है, बेटा! जरा, दबे पाँव ऊपर जाना। उससे गोलमाल, हल्ला-गुल्ला बर्दाश्त नहीं होता।"

माँ-बाप के नीरव आत्म-दान के बिना प्रतिभा शायद किसी दिन भी सम्भव नहीं होती। विजय के लिए मौसी जी का आन्तरिक सेवा-जतन मैंने

देखा है। उस वक्त सुजय, कुमुद, बेला का सवाल, उनके लिए काफी गौण हो जाता था। विजय के लिए परोसे हुए भात में वे चोरी-चोरी थोड़ा-सा मक्खन भी डाल देती थीं। भात के साथ-साथ कटोरे में दूध भी ले आती थीं। उसकी बगल में बैठे अन्य दोनों बच्चे सिर्फ दो मुट्ठी भात खाकर उठ जाते थे। मुझे याद आ रहा है, बेला आकर अपने बड़े भइया के लिए चाय की प्याली रखकर चली जाती थी। उसके लिए साबुन-धुले हुए कपड़े बनियान रखकर चुपचाप चली जाती थी। दस बज जाने के बाद वह उसके दरवाज़े के पास आ खड़ी होती और डरते-डरते आवाज़ देकर कहती, "भइया, माँ ने कहा है, भात तैयार हो गया है। स्कूल का समय हो गया है।"

उन लोगों ने बचपन से ही समझ लिया था कि विजय उन लोगों से काफी ऊपर है।

जब हम दसवीं कक्षा में पहुँचे, 'पूजा सोशल' के मौके पर हमने 'विसर्जन' नाटक में अभिनय किया था। राजा सजा था, स्कूल का बेहतरीन अभिनेता—हिमांशु! विजय, रघुपति की भूमिका में था। रूखे-रूखे बाल! गेरुआ रेशमी दुपट्टा, ग्रीक सिनेटर की भंगिमा में कन्धे से फर्श पर लोटता हुआ! दम्भ में चूर, उद्धत, अहंकारी, बेचैन दृष्टि! विजय इस भूमिका में अपूर्व लगा। नाटक अभी बीच राह तक ही अग्रसर हुआ था कि यह स्पष्ट हो गया कि रंगमंच पर राजमुकुट भले हिमांशु ने पहना हो, मगर दर्शकों की मुग्ध दृष्टि ने विजय-मुकुट विजय के सिर पर ही पहना दिया था। विजय की उस गौरव-किरीट की दीप्ति ने हिमांशु को म्लान कर दिया। 'शो' के समापन के बाद, मजिस्ट्रेट-पत्नी ने अपना दिया हुआ सोने का मेडल, विजय को पहना दिया। विजय ने छाती फुलाकर, शान से सिर ऊँचा किये वह सम्मान-चिह्न ग्रहण किया। हेडमास्टर ने उसकी तरफ भौंहें चढ़ाकर देखा। विजय ने उन्हें, सभापति को, दर्शकों को नमस्कार ज़रूर किया, मगर महज बला टालने के अन्दाज़ में!

बाहर निकलकर दीपंकर ने कहा, "विजय, लग रहा था, तुम शायद भूल ही गये थे, भइये कि रघुपति की समुन्नत, गर्वित भूमिका हो चुकी है। हेडमास्टर साहब और प्रेसिडेण्ट को तुम ज़रा और ढंग से नमस्कार कर सकते थे।"

विजय का वह बर्ताव हम सबकी नज़रों में भी चुभा था। लेकिन हम सबमें कुछ कहने की हिम्मत नहीं थी। दीपंकर ने हम सबके मन की बात ही सुना दी।

विजय ने अचकचाकर देखते हुए पूछा, "क्यों?"

"वही शोभन होता।"

"देखो, दीपंकर!—" बालों में उँगलियाँ फेरते हुए विजय ने धीमे लहजे में कहा, "मेरी और तुम्हारी राय एक जैसी नहीं भी हो सकती है। तुम्हारा कहना है कि मेरा आचरण शोभन नहीं था। लेकिन मैं कहूँगा—ले रहा हूँ, इसलिए सिर झुकाकर लूँ—यह मुझे भिक्षुक-वृत्ति लगती है, भइये। अरे, जिन्होंने दिये, वे भी तो थोड़ा धन्य हुए। अकेले मैं ही धन्य हो जाऊँ—यह तो ठीक नहीं है।"

हमारे कानों में भी विजय की यह बातें, जाने कैसी तो लगीं। दीपंकर भी आज, इससे आगे नहीं हँसा।

उसने कहा, "तुम चाहे जो सोचो, लेकिन मैंने यह बात किसी बुरे इरादे से नहीं कही। मेरी नीयत सच्ची थी। खैर, मैं शायद अपनी बात समझा नहीं पाया। लेकिन, विजय, विद्या इनसान को विनय सिखाती है। विनयी होना, कोई शर्म की बात नहीं है। क्यों?"

विजय सिर्फ मन्द-मन्द मुस्करा उठा।

मामूली-सी मुस्कान बिखेरकर, उसने दीपंकर की पूरी तरह उपेक्षा कर दी।

उसी समय से विजय के मन में एक परिवर्तन आ समाया। इतने दिनों तक वह आत्मगत किशोर था। अब तक किशोर उम्र में जो कुछ सुकुमार-कोमल था, उसने झाड़कर फेंक दिया और वह जो हो उठा, मास्टरों ने उसे विनय का अभाव माना। जो लोग विजय की प्रशंसा-गोष्ठी से बाहर थे, वे लोग कहने लगे—चींटी के पंख लगे, मरने के वास्ते!

हम सब, जो लोग विजय के सौर-मण्डल के ग्रह-उपग्रह थे, हमारा ख़याल था कि चूँकि वह विजय है, इसलिए उद्धव होना उसे सजता है। मास्टर लोगों को तो हम कुछ कह नहीं सकते थे, लेकिन ऐसा कोई, एक दिन भी नहीं जाता था, जब विजय को लेकर अन्य लड़कों से हमारी बहस नहीं होती थी। अरुण और अनादि तो कुछ कह नहीं पाते थे, झगड़ा करते थे—दिलीप और मैं!

दिलीप कहता था, "तुम लोग विजय को समझ नहीं पाते। यह उसकी उद्धतता नहीं है, इसे कहते हैं—व्यक्तित्व!"

धीरे-धीरे विजय के मन में अपने बारे में ऊँची-ऊँची धारणाएँ बन गयीं। वह अपने स्वभाव की वजह से सब में प्रिय था। अब उसकी नाक भी ऊँची हो गयी। हर कोई उसे मानने के लिए तैयार नहीं था। वह भी सबको चौंका देने के लिए दृढ़-संकल्प था।

क्लास में जहाँ नेस्फील्ड का अंग्रेजी ग्रामर पढ़ाया जाता, वह मिस्र का इतिहास खोले बैठा रहता था।

वह मास्टर से ही अचानक सवाल कर बैठता था, "मिस्र के शिल्प में इजिप्ट का प्रभाव कैसे आया?"

"अभी यह सवाल क्यों? यह ग्रामर की क्लास है।"

किसी दिन बँगला टीचर से ही पूछ बैठता था, "इलियट ने आधुनिक बँगला कविता को प्रभावित किया, उसमें क्या रवीन्द्रनाथ को शामिल नहीं किया जाएगा?"

जतीन बाबू ने कहा, "इलियट और आधुनिक कविता के बारे में बाद में भी सोचने से चलेगा। बंकिमचन्द्र के स्वदेश-प्रेम पर निबन्ध लिखते हुए, कई एक अंग्रेजी नाम खींचकर, पण्डिताई क्यों बघारी है?"

लंच के समय मैदान में बैठकर सब विजय को खिलाते थे और मानो हम ही धन्य हो जाते थे।

पेड़ से पीठ टिकाकर बैठे हुए विजय ने कहा, "प्रतिभावान् व्यक्तियों को अपने समसामयिक युग की स्वीकृति नहीं मिली। शेली-बायरन को भी अन्त में लोक-निन्दा झेलनी पड़ी। माइकेल का ही जीवन लो। उसकी मौत के बाद, उसे कब्र देनेवाला कोई व्यक्ति नहीं मिला।"

डाल-पत्तों की दरार से आती हुई धूप विजय के चेहरे पर पड़ रही थी।

विजय ने कहा, "जो लोग असाधारण होते हैं, वे लोग कभी भी साधारण लोगों से हिलमिल नहीं पाते। अभी कल ही मैं स्विनबर्न की कविता पढ़ रहा था! अद्‌भुत कविता है। मृतकों का एक राज्य है, हिमपुरी! वहाँ चिर-दुःखिनी प्रसार पाइन बैठी हुई है। यह सब पढ़ते हुए, मन जाने कहाँ पहुँच जाता है। ऐसे में लाठी थामकर बन्दर कैसे चढ़ता-उतरता है, यह खबर जानना क्या भला लगता है?"

हम सब विजय की बातें सुनते रहते थे और उसकी अनादृत प्रतिभा के दुःख से हमारी छाती फटती रहती थी।

हम सब कहते थे, "विजय, किसी न किसी दिन तुम ज़रूर कोई अद्भुत काम करोगे। हम सबको इसका विश्वास है।"

विजय मन्द-मन्द मुस्करा उठता था।

वह कहता था, "यह दारिद्र्य और परिवेश ही मेरी जान ले लेगी, पता है?"

दारिद्र्य...परिवेश...विजय ये शब्द इस ढंग से कहता था—मानो इससे बड़ा गुनाह और कुछ हो ही नहीं सकता। उस विजय को...ऐसे दारिद्र्य में रखना, मानो उसके परिवार की तरफ से बहुत बड़ी नाइन्साफी थी।

हालाँकि मैंने देखा कि गोपाल बाबू उसे सिर्फ खाने-पीने की स्वच्छन्दता ही नहीं, और-और तरफ से भी विजय की मदद करने की कोशिश करते थे। शायद वे यह सोचते थे कि इससे विजय की आत्मोन्नति होगी।

वे घूम-घूमकर एशियाटिक सोसाइटी और यूनिवर्सिटी इंस्टीट्यूट में होनेवाले व्याख्यानों की टिकट जुटा देते थे। विजय को ले जाकर अच्छी-अच्छी जगहों में ज्ञानी-गुणी की संगति कराते थे। यह सब करते हुए उन्हें बेहद भला-भला लगता था। उन्हें लगता था कि यह सब देखकर, इन लोगों की बातचीत सुनकर विजय अगर अपने अन्दर भी कुछ उतार पाये, तो उसी का भला होगा।

विजय ने खुद ही अपना एक तजुर्बा बताया था।

गोपाल बाबू एक दिन कालीघाट से ट्यूशन निपटाकर लौट रहे थे। एक तरुण अंग्रेज को घेरे हुए कई नौजवानों की भीड़ पर उनकी नज़र पड़ी। वह अंग्रेज कुछ जानना चाहता था, लेकिन अपना सवाल ठीक तरह समझा नहीं पा रहा था। फलस्वरूप वह जितना परेशान था, दर्शकों का कौतुक भी उतना ही बढ़ता जा रहा था।

गोपाल बाबू उसके पास पहुँचे।

उन्होंने उस अंग्रेज नौजवान से पूछा, "क्या जानना चाहते हो तुम? मैं तुम्हारी कोई मदद कर सकता हूँ?"

अंग्रेज ने कहा, "मैं एक पर्यटक-शिक्षक दल के साथ आया हूँ। दल से छूट गया हूँ। मुझे मन्दिर देखने का लालच हो आया था। मैंने सुना कि मन्दिर या श्मशान-घाट की तस्वीरें लेने की मनाही है।"

गोपाल बाबू ने उसे मन्दिर के आस-पास की जगह दिखाई। उसे ग्रैण्ड होटल का निशान समझाकर, उसे एक टैक्सी भी पकड़ा दी। उस अंग्रेज ने जाते समय एक कार्ड थमाकर कहा, "यूनिवर्सिटी इंस्टीट्यूट में मेरा स्लाइड-लेक्चर है, तुम आना। मुझे बेहद खुशी होगी।"

गोपाल बाबू बेटे को लेकर उसका लेक्चर सुनने पहुँचे।

वह लड़का सिर्फ शिक्षक ही नहीं, थोड़ा धर्म-प्राण भी था।

जब वह व्याख्यान देने उठकर खड़ा हुआ, तो उसने कहा, "मैं एक धारणा लेकर आया था, लेकिन कोई दूसरी धारणा लेकर लौट रहा हूँ। मेरे जीवन का आदर्श है, भारत या चीन जैसे जगहों में शिक्षा-प्रचार करना। मैं शायद यही करूँगा भी। मैं फिर आऊँगा। लेकिन सिखाने के लिए नहीं, शिक्षार्थी बनकर आऊँगा। मैं मन में सभ्यता का घमण्ड लेकर आया था। अब तक मुझे यही पता था कि जितनी कुछ सभ्यता और आन्तरिक शिक्षा है, उस पर केवल हम लोगों का ही हक़ है। यहाँ का सारा कुछ अनुन्नत है। लेकिन, आज मैं कबूल करता हूँ कि हमारा वह घमण्ड टूट गया है। मैंने जिस भारत के दर्शन किये, उसने मुझे मुग्ध कर दिया है।"

यह कहते-कहते उसकी आवाज़, आवेग से रुनझुना उठी। उसके सुनहरे बालों पर रोशनी झिलमिला उठी।

मंच पर आगे बढ़कर उसने बात जारी रखी, "I was taught, India is a country of pestilence, supertition, poverty and mud huts. But the civilization that grew out of these mud huts..."

विजय अपने उस तजुर्बे का विवरण दे रहा था, "उस अंग्रेज को निहारते-निहारते, उसकी आवेगदीप्त आवाज़ सुनते-सुनते, मेरे मन को किसी विचित्र अनुभूति के मायाजाल ने आच्छादित कर लिया।"

उस तजुर्बे का और ज़्यादा विवरण देते हुए विजय ने कहा, "वैसे जीवन के बिना, भला कोई जीवन होता है!"

दीपंकर ने कहा, "विजय, मेरा यह जानने का मन हो रहा है कि उस अंग्रेज साहब में तुम्हें क्या अच्छा लगा था? तुम्हें किस बात ने मुग्ध किया था? उसकी विनय ने? उसकी नम्रता ने?'

विजय ने बेसब्र लहजे में जवाब दिया, "उन लोगों का जीवन किस हद

तक सीमाहीन है, बताओ तो? अपना देश छोड़कर यहाँ आ पहुँचा! कन्धे पर कैमरा झुलाये घूम रहा है। अपनी मन-मर्जी का कर रहा है। मन-प्राण से किस हद तक आज़ाद! कितना मुक्त! हम लोगों की तरह जीवन ने उसके दोनों पैरों में जंजीर नहीं पहनायी।"

दीपंकर ईषत् हँस पड़ा, "मैंने भी यही सोचा था। इतना-सा बाहरी देखना भर ही तुम्हें मुग्ध कर देगा।"

विजय फिर बोल उठा, "हाँ, मैंने तो तुमसे पहले ही कहा था कि हम सबको हमेशा यही सिखाया गया कि यह देश वैराग्य का देश है। यह शिक्षा नम्रता और विनय की शिक्षा है। लेकिन मुझे यह दारिद्र्य वृत्ति बिल्कुल नहीं सुहाती! पता है, नेपोलियन की जीवनी में मैंने पढ़ा है—"Never understimate yourself" अपना कम आकलन मत करो। अपने को छोटा समझकर, किसी दिन भी बड़ा नहीं हुआ जा सकता।"

यह सब कहते हुए विजय का चेहरा-मोहरा एकदम से आलोकित हो उठता था।

अपनी परिचित भंगिमा में माथे से बालों का झूमर हटाते हुए वह आवृत्ति करता—I strove with none her none was worth my strige.

उस वक्त विजय के इर्द-गिर्द जो दीप्ति विकीर्ण होती, हम सब उसे असली हीरे की चमक ही मानते थे।

उसके पिता भी यही समझते थे। उन्होंने यह मान ही लिया था कि विजय के लिए हर किस्म की सुयोग-सुविधा कर देने में ही उनके जीवन की सार्थकता है।

गोपाल बाबू ने अब, एक के बजाय दो-दो ट्यूशन ले लिए थे। क्या उन्हें रत्तीभर भी यह ख़याल आया था कि विजय की नज़रों में उनकी इस जानलेवा मेहनत का कोई मूल्य नहीं है? वे तो एक आँखवाले हिरण की तरह सिर्फ विजय को ही देखते रहे—विजय बड़ा होगा; विजय अपने पैरों पर खड़ा होगा; जिस बोझ से दिनोंदिन उनके कन्धे झुक आये थे, वह बोझ वह अपने सबल कन्धों पर उठा लेगा। यही स्वप्न उन्हें दौड़ाये लिए जा रहा था।

उन्हें और हम सबको मर्माहत करते हुए विजय ने टेस्ट परीक्षा में बुरा रिजल्ट किया। उसके पिता खासे नाराज़ भी हुए।

उन्होंने कहा, "दिन-रात तो यही सुनता था कि किताबें पढ़ने में डूबे हो, फिर रिजल्ट इतना खराब कैसे हुआ? किसी में भी तीस-चालीस से ज़्यादा नम्बर नहीं मिले हैं।"

विजय की माँ रसोई में बैठी-बैठी रोने लगी।

उन्होंने विजय से कहा, "परीक्षा के लिए मन लगाकर पढ़ो, बेटा! तेरे बप्पा जो नाराज़ होकर कहते हैं, बड़ी तकलीफ से बोलते हैं। तू समझता क्यों नहीं? देख, आज बिना खाये-पीये ही ऑफिस चले गये। ऐसे दुबले-पतले मानस हैं..."

हम सब अच्छी तरह पास होकर, मानो शर्मिन्दा हो उठे।

विजय ने हम लोगों से कहा, "सुन, टेस्ट देखकर कभी घबराना नहीं! देखना, फाइनल में ठीक पार कर जाऊँगा।"

लेकिन चाहे कितना भी मामूली हो, मैट्रिक की परीक्षा, आखिर परीक्षा होती तो है न! उन दिनों विजय का मन किसी लम्बी डोर के सहारे, रंग-बिरंगी पतंग की तरह आसमान में उड़ता रहा। मन की उस डोर को समेट लाना क्या आसान बात थी? शेरशाह के साथ अकबर की तुलना करते हुए उसे हँसी छूटने लगती थी।

वह कहता था, "हमारे देश में इतिहास आज तक सच्चा लिखा ही नहीं गया। सच्चा इतिहास लिखने के लिए सच्चा इनसान होना चाहिए। आज तक हम सब जो इतिहास पढ़ते रहे हैं, सब तो विदेशी इतिहासकारों का लिखा हुआ है। मुट्ठी भर लोगों को अगर छोड़ दिया जाए, तो भारतीय लोगों ने क्या सच ही इतिहास लिखा है? लिख पाये हैं? जो कुछ लिखा गया, वह तो बच्चों का चरम खिलवाड़ जैसा है।"

ऑस्ट्रेलिया की खनिज-सम्पदा उसे आकर्षित नहीं करती थी।

बीजगणित के पन्नों में गज-फुट से नाप-नापकर जो बन्दर तेल-पिलायी लाठी के सहारे चढ़ता-उतरता था, उससे उसे बूँद भर भी हमदर्दी नहीं थी। हौज भर पानी में दस-दस नल बिठाकर, पंचमेल पानी भरकर तीन मन सैंतीस सेर पानी निकालने का मामला उसे फालतू की मेहनत लगती थी। शकुन्तला के पति-गृह-यात्रा का करुण वर्णन लिखने के बजाय शेक्सपियर की मिराण्डा और कालिदास की शकुन्तला की तुलनात्मक समालोचना लिखने में उसका

ज़्यादा मन लगता था। इसका फल जो होना था, वही हुआ। दूसरे पार्ट में कमोबेश पास करके, विजय कॉलेज पहुँच गया।

दो

कॉलेज जीवन समाप्त होते-न होते विजय के मन में यह पक्की धारणा बन गयी कि वह हर तरह से असाधारण है।

वैसे इसके लिए हम लोग ही उत्तरदायी थे। विजय की तारीफ कर-करके। उसके अन्दर सोयी हुई प्रतिभा को खोजने में सिर्फ हम लोगों ने ही समय बर्बाद नहीं किया, विजय ने हम जैसे और भी ढेरों भक्त जुटा लिए। कॉलेज-जीवन में जितने भी नये-नये बन्धु-बान्धव मिले, हमने विजय के लिखे हुए निबन्ध, कविताएँ पढ़ाकर, उन लोगों को मुग्ध करने की कोशिश की। प्रेसिडेंसी कॉलेज में विजय पढ़ाई-लिखाई में तो नाम नहीं कर पाया, लेकिन वह कॉलेज-पत्रिका का सम्पादक ज़रूर हो गया। इसके अलावा सिम्पोजियम चलाने, मीटिंग बुलाने, आवृत्ति करने और ग्रीक नाटकों का अंग्रेजी में अनुवाद करने में—किसी के लिए भी, विजय के अलावा और कोई गति नहीं थी। नये छात्र मुग्ध नज़रों से विजय को निहारते रहते थे।

वे सभी छात्र कहते थे, “विजय दास एक बौद्धिक विद्रोही है।”

लेकिन, जब कॉलेज छूटा, तो वह दल भी टूट गया।

अनादि हमारा दल छोड़कर आर्ट स्कूल में भर्ती हो गया।

विजय ने कहा, “अगर तुम आँकना चाहो, तो आँक सकते हो, अनादि, लेकिन ऊन के अन्दर ‘स्पार्क’ हो, मेरा मतलब है कि चिनगारी हो, तभी इनसान जन्मजात कलाकार बनता है! वह तुममें नहीं है! तुम भी हजारहा लोगों में ही एक जन बनकर बस, कैलेण्डर-तेल का विज्ञापन भर आँकते रहोगे। मुझे तो यह ख़याल तक असहनीय लगता है।”

अनादि मन्द-मन्द मुस्करा उठा, “अगर तकदीर में हुआ, तो वही बन जाऊँगा।”

“तकदीर? क्या मतलब? भाग्य? तुम भाग्य मानते हो, अनादि?”

“बे-शक! भाग्य मैं मानता हूँ, पूरे विश्वास के साथ मानता हूँ।”

“मैं नहीं मानता! मैं भाग्य का गुलाम कभी नहीं होऊँगा, तुम देख लेना। भाग्य को मैं अपने पाँवों तले रखूँगा।”

अनादि उसके सामने से हट आया।

हमलोग, जो किसी दिन भी आपको अपने पैरों तले नहीं रख पाते, कभी विजय दास भी नहीं बन पाते—हम सबने लम्बी उसाँस भरी और जी-जान से पढ़ने-लिखने में जुट गये। प्रणव ने इकोनॉमिक्स में दाखिला ले लिया।

हम सबने विजय से कहा, “विजय, अब बहुत तो हुआ। अब ऐसा कुछ कर कि...”

हमेशा की तरह संक्षिप्त-सी मुस्कान बिखेरकर, विजय ने हम सबको बीच में ही रोक दिया। सभी लोग पीछे रह जाएँगे, वह आगे बढ़ जाएगा। सभी साधारण ढंग से बड़े होना चाहते थे, लेकिन वह चौंकानेवाला कुछ करेगा—यही उसका प्रण था। यह बाज़ी खेलने के लिए किसी ने उस पर ज़ोर नहीं डाला था। विजय ने खुद ही अपनी ओर से अपने लिए बाज़ी फेंकी, फलस्वरूप उसकी हालत रेस के किसी अभागे घोड़े जैसी हो आयी। उसकी यह रेस ज़िन्दगी भर ख़त्म नहीं हुई। यह रेस उसने महज़ निर्मम कौतुकवश शुरू की थी, इसने विजय को कभी थमने नहीं दिया।

प्रेसिडेंसी में क़दम रखते ही, विजय ने इतिहास ऑनर्स लेना चाहा। जाहिर है, उसे इतिहास ऑनर्स नहीं मिला। वह अंग्रेजी में भर्ती हो गया।

उन्हीं दिनों गोपाल बाबू उसके लिए नौकरी की खबर ले आये। बैंक की नौकरी! उसे क्लर्क की तौर पर नौकरी शुरू करनी थी! उसके बाद परीक्षा देते-देते, वह आराम से तरक्की करता जाता।

उन दिनों गोपाल बाबू का रक्तचाप बढ़ गया था। उनका बड़ा बेटा इनसान बनेगा, इसी ध्रुवतारे पर नज़रें गड़ाये, वे पूरे बीस वर्षों से मेहनत करते आ रहे थे। पिछले सात वर्षों से वे एक्सटेंशन पर थे।

घर लौटकर उन्होंने पत्नी से कहा, “लगता है नौकरी अब नहीं रहने वाली! ऑफिसवालों को भी भला मैं क्या कहूँ? वे लोग भी भला कितने दिनों बोझ उठाएँगे?”

नौकरी न रहने पर क्या होगा, यह सोचते-सोचते हाथ में सना हुआ दाल-भात सूख जाता था। गोपाल बाबू मुँह में निवाला डालना भूल जाते

थे। विजय की माँ की आँखों के आगे अँधेरा छा जाता था। सब्जी का रसा निकालते हुए, उनके हाथ शून्य में ही झूलकर रह जाते थे। उनको सब्जी की कटोरी तक दिखाई नहीं देती थी।

गोपाल बाबू ने कहा, “बड़े बाबू से पत्र लिखाकर, उनके साले को पकड़ा तो है। अरे, वही अविनाश बाबू के बारे में कह रहा हूँ। उन्होंने वादा किया है, मुमकिन है, उसकी नौकरी लग जाए।”

सिर्फ बहनोई के पत्र में की गयी सिफारिश पर अविनाश बाबू ध्यान देंगे, इसका भी भरोसा नहीं था। अन्त में लाचार होकर उन्होंने रिश्वत देकर उनका मन भिगोने की कोशिश की। उनके यहाँ सन्देश मिठाई का डिब्बा पहुँचाकर, वे बार-बार अपनी सेहत की हालत और विजय के लिए एक अदद नौकरी की सख़्त ज़रूरत के बारे में बार-बार बताते रहे। काफी दिनों तक उन्हें यूँ ही खाली-पीली बैठकर खाली हाथ चला आना पड़ा। अविनाश बाबू किसी बड़े बैंक के एजेण्ट थे। उन्हें भेंट करने की फुर्सत नहीं मिली। लेकिन वे इनसान भले थे। गोपाल बाबू की बात उन्हें याद रही। इसलिए गोपाल बाबू को आखिरकार आस बँधी कि उनका काम हो जाएगा।

उस दिन गोपाल बाबू ज़रा बेहिसाबी हो आये और मछली खरीद लाये।

घर लौटकर उन्होंने पत्नी को ज़ोर-ज़ोर से आवाज़ लगायी, “ए-जी, जल्दी से मछलियों के टुकड़े बना लो! बड़ी ताज़ा और अच्छी मछली है।”

उन्होंने सुजय से पूछा, “तेरा भाई कहाँ है?”

विजय घर पर नहीं था।

गोपाल बाबू ने कहा, “आते ही, उसे मेरे पास भेज देना।”

उस दिन कॉफी हाउस में साहित्य-गोष्ठी काफी जमी थी। हम सब खूब बहस करते रहे। सविता, तपती, सुचरिता कौतुकी नज़रों से हमें देख रही थीं, यह जानकर, गोष्ठी को और ज़्यादा सरगर्म करते हुए, हमें और भला लगा था। विजय हर किसी की बात सुनता रहा। बीच-बीच में संशोधन भी करता रहा...। वह रेम्बो, मलार्मे, प्रूस्त का नाम लेता रहा और कविता लिखता रहा। कोई नया ग्रेजुएट जब तक कॉफी हाउस की भीड़ में बैठकर, खाली पेट कड़क कॉफी और दिमाग़ भरकर सिगरेट का धुआँ छोड़ते हुए कविता नहीं लिखता, कहते हैं, वह जात में शामिल नहीं हो सकता।

लड़कियाँ विजय दास के प्रति श्रद्धा करती थीं, उससे डरती थीं, लेकिन दोस्ती वे लोग हम सबसे करती थीं। विजय को निरखते हुए कम से कम एक मुग्धमना लड़की, भय-भक्ति-प्यार के मिलेजुले फूलों की अंजलि, उसके पाँवों में उड़ेल रही थी, यह बात विजय भले न जाने, हम सब जानते थे। प्रेसिडेंसी की भली-लायक लड़की—माधवी! नरम-सरम-हसीन! लजालू स्वभाव की लड़की। विजय दास को देखकर, वह उस पर आसक्त हो गयी थी। कॉफी हाउस के हमारे अड्डे में माधवी भी शामिल थी। माधवी अपनी ठुड्डी पर उँगली रखकर वह विजय की तरफ अपलक देखती रहती थी। उसकी निगाहों को महसूस करते हुए, विजय भी शायद बीच-बीच में भौंहें सिकोड़कर एकदम से चुप हो जाता था।

हम सब पहली बार ज़िन्दगी का स्वाद चख रहे थे। कॉफी की मेज़ पर हमारी बहस, फ्रेंच साहित्य से लेकर जापान की शिल्प-शैली तक टहलती रहती थी। शायद इसी को कहते हैं—सात समन्दर, तेरह नदी पार कर सफर करना। जवान उम्र में हमारा मन ही अजेय पक्षीराज बन गया था। मन के पक्षीराज पर सवार होकर, दूर-दूर तक उड़ानें भरना, हम सबको बे-हद भला लगता था।

कुछ देर बाद, हमने विजय को पकड़ा, "विजय क्या लिखा, सुनाओ—"

विजय ने अपना लिखा हुआ काग़ज़ फाड़ डाला अचानक उसने आवृत्ति शुरू कर दी—

The crawling glaciers pierce me with the spears of their moon-freezing crystals, the bright chains rat with their burning cold into my bones. Heavan's winged hound, polluting from thy lips. His beak in holson not his own, tears up. My heart; and shapeless sights come wandering, by....

बोलते-बोलते विजय अचानक चुप हो गया।

उसने कहा, "शेली की तरह एक सम्पूर्ण व्यक्तित्व नज़र नहीं आता। चेतना और बुद्धि की जिस मुक्ति की बात रवीन्द्रनाथ ने कही है—शेली में ही उसका पूर्ण विकास होता है। पता है, यह prometheus unbound लिखने बैठकर उन्होंने क्या कहा? उसकी भूमिका पढ़ो, समझ जाओगे।"

विजय जब घर लौटा, उस वक्त भी उसके मन में उन सभी बातों की

उत्तप्त खुमार छायी हुई थी। माँ ने आज धुली साड़ी पहनकर, अच्छी तरह बाल सँवारे थे; बप्पा ट्यूशन के लिए न दौड़कर, आज उसके साथ खाने के लिए बैठे हैं—यह सब विजय की निगाहों से किसी दिन नहीं गुज़रा। उस दिन भी उसने इस ओर ध्यान नहीं दिया।

खाने के समय बप्पा को अपनी बगल में बैठा देखकर, उसे ईषत् आश्चर्य हुआ। खाते समय विजय कभी भी बोलता नहीं था। उस दिन भी वह खाना खाकर उठने ही जा रहा था।

बप्पा ने कहा, "तुमसे बात करनी है, बैठो!"

विजय बैठ गया।

गोपाल बाबू ने कहा, "बी.ए. तो पास कर लिया। रिजल्ट ख़ास नहीं हुआ। ख़ैर, मैंने तुम्हारी नौकरी का इन्तजाम कर दिया है। बैंक की नौकरी है। यह नौकरी किसी नये ग्रेजुएट को मिलना सम्भव नहीं होती, लेकिन चूँकि अविनाश बाबू पीछे थे और तुम्हारे पास इकोनॉमिक्स था, इसलिए यह सम्भव हो पाया, वर्ना नहीं होता। अब, क्या बताऊँ, अविनाश बाबू कहने लगे—गोपाल बाबू, योर ब्वॉय...खूब प्रशंसा की—"

"कौन मैं? बैंक में नौकरी करूँगा मैं?"

"हाँ! काफी अच्छी नौकरी है। तीन साल बाद, तुम परीक्षा दोगे, तब तुम एक सौ साठ रुपयों का स्केल पाने लगोगे! बुरा क्या है, विजय?"

"तुमने क्या बात दे दी है?"

"बात दे दी है, क्या मतलब? इतने बड़े बैंक की नौकरी है। सिर्फ लन्दन शहर में ही उन लोगों के तीन सौ ब्रांच हैं, जानते हो? दुनिया का सबकुछ भले रसातल में जाए, इन सब बैंकों की कभी कहीं मार नहीं। ऐसी नौकरी मिलती किसे है? वह तो कहो, तुम्हारी तकदीर अच्छी है—"

"लेकिन मैं तो बैंक की नौकरी करूँगा नहीं, बप्पा!"

"नौकरी नहीं करोगे?"

"नहीं, मैं अंग्रेजी में दाखिला लूँगा। फार्म मैं ले आया हूँ।"

बाप और बेटा—दोनों ही दो अलग-अलग भाषा में बातें कर रहे थे। एक को दूसरे की बात समझ में नहीं आ रही थी। उसकी बात समझने में, इसे कष्ट हो रहा था।

गोपाल बाबू सबकुछ भूल गये।

उनकी आवाज़ पर्त-पर्त ऊपर चढ़ने लगी, "तुम नौकरी नहीं करोगे? हर महीने एक सौ चालीस रुपयों का इन्तज़ाम किये दे रहा हूँ और तुम्हें सुहा नहीं रहा है? पढ़ोगे? पढ़कर करोगे क्या?"

"वह तुम नहीं समझोगे।"

"हाँऽऽ, पढ़-पढ़कर, साल-दर-साल यह तो रिजल्ट कर रहे हो। मैंने तुमसे बड़ी-बड़ी उम्मीदें लगा रखी थीं, विजय! खैर, छोड़ो! लेकिन तुम्हें एम.ए. पढ़ा सकूँ...यह क्षमता मुझमें नहीं है।"

"कोई बात नहीं, अपना इन्तज़ाम मैं खुद कर लूँगा।"

"लेकिन, विजय, तुम इतने स्वार्थी निकलोगे, यह तो मैंने नहीं सोचा था। मेरी औकात मुताबिक, तुमने जो भी करना चाहा, मैंने किया। अब, मेरी नौकरी, आज-कल में खत्म हो सकती है। सुजय-कुमुद खुद ट्यूशन करके, अपनी-अपनी पढ़ाई कर रहे हैं। अब उनकी पढ़ाई बन्द हो जाए, क्या तुम यही चाहते हो?"

विजय ने अपने पिता की ओर देखा।

अपनी उस उजली निगाहों से पिता को छेदते हुए कहा, "नौकरी में घुसने का मतलब है, समूची ज़िन्दगी तबाह कर डालना, यही न? यह मुझसे नहीं होगा। सुजय और कुमुद पढ़ना चाहते हैं, तो पढ़ें न। मैंने तो उन्हें मना नहीं किया। लेजर खोलकर बैठे-बैठे दिनोंदिन हिसाब-किताब लगाना? असम्भव!"

"असम्भव?" गोपाल बाबू उसकी तरफ यूँ घूरकर देखते रहे, मानो वे विजय को पहली बार देख रहे हों।

उन्होंने कहा, "मेरी जो माली हालत है, उस स्थिति में तुम्हें एम.ए. कराना, किस हद तक असम्भव है, किसी दिन यह सोच देखा है? तुमने जब, जो करना चाहा, मैंने कभी बाधा नहीं दी। क्या यह तुम्हारी समझ में नहीं आ रहा है कि अब यह मेरी क्षमता के बाहर है? तुमसे मुझे काफी उम्मीद थी, विजय! काफी भरोसा था तुम पर। चलो, यह बात छोड़ भी दूँ। सुजय पढ़ने-लिखने में अच्छा है, सच ही भला है, उन दोनों के बारे में भी क्या तुम्हें नहीं सोचना चाहिए? तुम तो बड़े भाई हो न?"

"न्ना! मुझसे नहीं होगा।"

यह कहते हुए विजय ने थाली में ही अपने हाथ धो डाले। जूठा भात-मछली पड़ी रही। विजय उठ गया।

गोपाल बाबू धीरज खोकर चीख उठे, "तुम इस हद तक स्वार्थी, इतने आत्मसुखी होगे, यह मैंने कभी नहीं सोचा था, विजय! बूढ़ा बाप जब कह रहा है, तो इसकी कोई वजह भी होगी, तुम यह भी नहीं सोचोगे? फर्ज करो, आज अगर मैं नहीं रहा, तो क्या होगा? क्या इन लोगों को तुम्हारे भरोसे छोड़ जाऊँ? तुम इन लोगों की देखभाल करोगे? इनकी जिम्मेदारी उठाओगे?"

विजय तब तक घर से बाहर जा चुका था। पिता की बात उसके कानों तक पहुँची ही नहीं।

विजय के परिवार में ऐसी कलह पहले कभी नहीं हुई थी, गोपाल बाबू की बातें नीचे से लेकर ऊपर तक धक्का मार रही थीं। यह सब शोरगुल सुनकर विजय के भाई-बहन डर के मारे सिमटे-सिकुड़े बैठे रहे। विजय की माँ आँखों पर आँचल रखकर रोती रहीं। मर्माहत गोपाल बाबू ने आखिरी सलाख अपनी पत्नी की छाती में ही झोंका।

उन्होंने उद्भ्रान्त आवाज़ में कहा, "रो रही हो? रोओ मत! अभी से मत रोओ। अभी तो यह बेटा तुम्हें कितना-कितना रुलायेगा! अभी उसके साथ क्या हुआ, अभी तो सब होना बाकी है।"

"ऐसी बातें मत करो, जी।"

"नहीं! लो, मैं चुप हो गया। लेकिन भूल तो मैंने भी की है। बेटा होकर भी जो बाप का दुःख नहीं समझता, उस बाप का कलेजा कैसा हो जाता है, तुम सोच सकती हो? अब, मुझे ही नये सिरे से अपने लिए नौकरी खोजनी पड़ेगी। क्या करूँ? मैं तो बाप हूँ न, मैं तो बच्चों को फेंक नहीं सकता।"

विजय नौकरी नहीं करेगा, एम.ए. में दाखिला लेगा—इस शौकीन स्वप्न-विलास के बारे में बताते हुए शर्मिन्दगी तो हुई, फिर भी गोपाल बाबू को अविनाश को बताना पड़ा।

अविनाश बाबू ने किसी तरह का व्यंग्य नहीं किया, वे नाराज भी नहीं हुए। उन्होंने अपने चश्मे का काँच पोंछकर गोपाल बाबू की ओर गौर से देखा।

उन्होंने कहा, "आपने इस ढंग से उसका दिमाग़ क्यों ख़राब किया?

बेटे पर आपने काबू क्यों नहीं रखा? न ऑनर्स किया, न डिस्टिंक्शन मिला, ऐसे मामूली लड़के को एम.ए. पढ़ने का चाव क्यों जागा है? नहीं गोपाल बाबू, आप अपने बेटे पर लगाम नहीं कस पाये।"

गोपाल बाबू मानो एक ही रात में और कुबड़े हो आये, और बुढ़ा गये थे। वे लम्बी साँस भरकर उठ खड़े हुए। उनके पास बोलने को कुछ भी नहीं था।

अगले दिन सुबह-सवेरे ही विजय हमारे अड्डे पर आ पहुँचा। बदन पर चादर, भौंहें तनी हुईं। उस दिन अर्से बाद उसे अ-सुखी, अतृप्त रघुपति की भूमिका में देखा।

शिथिल मुद्रा में बैठते हुए उसने कहा, "ये मध्यवित्त घर-गृहस्थी एकबारगी अभिशाप है।"

"क्यों?"

"कल मुझसे साफ कह दिया गया कि एम.ए. पढ़ना नहीं चलेगा। मुझे नौकरी ज्वाइन करनी पड़ेगी।"

"कौन-सी नौकरी?"

"लॉयेड्स बैंक में।"

"अरे, तू अभी ज्वायन कर ले! इसी वक्त! यह तुम क्या कह रहे हो? मुझे चांस मिले, तो मैं ही लपक लूँ।"

"तुम्हें लेनी है, तो तुम ले लो, प्रणव, मुझे कोई लोभ नहीं है। मौजूदा स्थिति यह है कि तुम लोग मेरे लिए ट्यूशन जुटा दो।"

"क्या कहा?"

हम सब समवेत स्वर में चीख पड़े। विजय दास ट्यूशन करके पढ़ेगा? इससे बढ़कर अप्रासंगिक बात हमने जीवन में नहीं सुनी थी।

विजय ने कहा, "वर्ना मेरी तो पढ़ाई ही रुक जाएगी! समझ नहीं रहे हो? मेरा मूड तो ऐसा बिगड़ गया कि अमेरिकी आर्किटेक्चर के पीजार्ड फ्रैंक लॉयेड राइट के बारे में वह जो निबन्ध लिख रहा था, स्टेट्समैन के लिए, फट् से रुक गया! रोक देना पड़ा।"

"अरे, हमें तो नहीं बताया?"

"इसमें बताने को क्या था? वैसे ये अख़बार जैसे-तैसे हैं, ऐसे ही छाप सकते हैं—"

उसके बाद, चर्चा दूसरी तरफ घूम गयी। किस देश से कौन-सी भावधारा, किस देश में पहुँची, इस बारे में अंग्रेजी-फ्रेंच टीका-टिप्पणी के जरिये चुभती हुई चर्चा! हजारहा बातें!

अड्डा टूटने के बाद, जब सभी लोग चले गये, तब अरुण ने ही बात छेड़ी, "बादल, अन्त में तुम्हारी पढ़ाई रुक जाएगी? अब तुम आगे नहीं पढ़ सकोगे, विजय? यह क्या सही होगा?"

"अब क्या किया जाए, बताओ?"

"खैर, फिलहाल मैं और दिलीप देखता हूँ। उसके बाद...! अभी तो दिलीप की वह जान-पहचान की लड़की है न, सुरंजना मेहता या कौन? जिसके पिता चैम्बर ऑफ कॉमर्स में हैं। उन्हीं के घर लगा देंगे, तो काम बन जाएगा। बुरा क्या है?"

"वहाँ विजय क्या करेगा?"

"ओफ ओ! अब वह बंगाली बन गयी जो बन गयी है। उसे कल्चर की खब्त है। विजय न हो, सुरंजना को साहित्य पढ़ा दिया करेगा।"

जिसका कोई नहीं था उसके लिए दिलीप था। दिलीप काफी घुलेमिले स्वभाव का लड़का था। उसके पिता, ए.जी. बंगाल में थे। चूँकि उनके पास ज़रूरत से कुछ ज़्यादा दौलत थी, इसलिए दिलीप हम सबके सामने हमेशा ही ज़रा झेंपता रहता था। थोड़ा-बहुत सकुचाया भी रहता था। अपनी गाड़ी जरा दूर पर खड़ी करके, खुद पैदल-पैदल स्कूल आया करता था। शर्ट की कॉलर पर विलायती छापमारा लेबल वह सावधानी से ब्लेड से उखाड़ देता था, तब वह शर्ट पहनता था। दिलीप का दिल बेहद सादा, गंगा जल की तरह था। उसके पास जो दौलत थी, मानो वह उसका गुनाह थी। वह गुनाह, वह यार-दोस्तों की ज़रूरत पर ढेरों खर्च करके, मिटा लेता था। विजय जो विदेशी किताबें उधार पर खरीदता, वह कीमत दिलीप ही चुका देता था। हम लोगों की चाय-कॉफी का बिल भी दिलीप ही अदा कर देता था।

इसलिए अरुण को आज दिलीप ही याद आया। अरुण की बात अलग थी। उसकी माली हालत ख़ास नहीं थी। वह ट्यूशन करके अपना काम चलाता था। लेकिन वह गानों की ट्यूशन करता था। छोटे-मोटे जलसों में गा-बजाकर, मौसम में दस-बीस रुपयों की कमाई भी कर लेता था।

मैंने अरुण से पूछा, "चलो, मान लिया कि दिलीप मदद कर देगा। तुम क्या मदद करोगे?"

"ओफ ओ! तुम समझ क्यों नहीं रहे हो? विजय की पढ़ाई नहीं होगी, इस सवाल पर मैं क्या कर सकता हूँ? यह बात निहायत अप्रासंगिक नहीं है? पहले उसे भर्ती तो होने दो, उसके बाद देखा जाएगा।"

अरुण ऐसा ही था। चुपचाप-शान्त इनसान! ज़्यादा बात करना, उसे पसन्द नहीं था। लेकिन उसके पास मन का ज़ोर था। इस चुप्पे, मितभाषी लड़के में पौरुष की दृढ़ता ज़रूर थी। जो लोग उससे अच्छी तरह मिलते-जुलते थे, वही यह बात जानते थे।

बहरहाल, इस तरह की तोड़-जोड़ से विजय एम.ए. में भर्ती हो गया। नौकरी छोड़ देने के बाद, गोपाल बाबू ने भी एक और नौकरी ले ली। यह प्रेस की नौकरी थी। प्रेस का खाता लिखना। यह भी कम मेहनत का काम नहीं था। कितने मन, कितने सेर न्यूज प्रिंट, वर्जाइस या पाइका टाइप आया। इसके हिसाब-किताब लिखने का काम! प्रेस के कमरे में प्रकाश का नामोनिशान नहीं था। बाबा आदम के ज़माने का, निचली सीलिंगवाला, झुरझुरा मकान। चारों तरफ अजब-सी घुटन का माहौल! साँस लेना चाहो, तो साँस न आये। काम करते-करते गोपाल बाबू को मानो साफ-साफ नज़र आता था कि जैसे उनकी उँगलियों में थमी हुई कलम की नोंक से लाल-काले अंक झरते थे, वैसे ही उनकी उम्र भी झरती जा रही थी।

घर लौटते हुए सिर में दर्द! पाँवों के तलवों में ऐसी टीस, मानो बिल्ली ने नोंच खाया हो! पीठ मानो टूटकर गिर जाना चाहती हो।

लेकिन गोपाल बाबू ने फिर किसी दिन विजय से रोज़गार वगैरह की बात नहीं की। विजय उनकी वह बेभाव थकान और मेहनत के बारे में भी कुछ नहीं जानता था।

सच तो यह था कि विजय ने गोपाल बाबू को पहचानने में भूल की थी। उनका सिर कहाँ शान से समुन्नत था, कहाँ वे आत्ममर्यादा से दीप्त थे, वह नहीं समझ पाया। उसने उनमें पराजय और हताशा का पक्ष ही देखा। उसकी नज़र में उसके पिता लाखों-लाखों लोगों में महज़ एक मामूली इनसान थे, जो अति अकिंचन और साधारण बने जीते रहते हैं, क्योंकि उन जैसे लोगों के लिए करने को कुछ नहीं होता।

ऐसे सब मामूली लोगों के बारे में विजय का एक प्रिय मन्तव्य था। अगर कोई उन मामूली लोगों को भला कहता था, तो वह कह उठता था, “देखो, उन लोगों के भले होने का क्या मतलब होता है, जानते हो? चूँकि उन लोगों में बुरा बनने की क्षमता नहीं है, इसलिए वे लोग ‘भले’ बने रहते हैं। यानी उन लोगों में कोई गुण, कोई खूबी नहीं होती। ऐसे लोगों के भले होने में कोई कृतित्व नहीं है।”

किसी भी साधारण इनसान के बारे में उसका मन्तव्य होता था, “उसके अन्दर असाधारण होने की कोई सम्भावना ही नहीं है। साधारण बने रहने के अलावा, उसके लिए और कोई उपाय भी कहाँ है? देखो, अगर इच्छापूरण होता, तो सभी काँच हीरा बन जाना चाहते।”

अपने पिता के बारे में भी उसकी यही धारणा थी। ना, उसकी नज़र में कोई उपेक्षा का भाव नहीं था, कोई सायास अवहेलना भी नहीं थी। पिता की ओर उसका ध्यान ही नहीं जाता था।

गोपाल बाबू चेहरे-मोहरे, अभ्यास, स्वभाव से इतने साधारण थे कि विजय ने कभी, किसी दिन उनके बारे में विशेष गम्भीरता से नहीं सोचा।

विजय अपने को लेकर ही इतना व्यस्त था, अपनी उज्ज्वलता ही उसकी आँखों में इस कदर भरी रहती थी कि गोपाल बाबू दिनोंदिन और अधिक शीर्ण होते जा रहे थे; गले की हड्डियाँ और ज़्यादा उभर आयी थीं; आजकल वे दफ्तर के बाद भी घर नहीं लौटते या लौटते भी थे, तो पहले की तरह बातचीत नहीं करते थे—इन सबकी ओर उसकी नज़र ही नहीं जाती थी।

गोपाल बाबू, शुरू-शुरू में भले अक्षम थे, मगर बाद में वह विजय की फीस जुटाते रहे। बेला तीसरी मंज़िल के कमरे में चाय, दूध, खाना, ठीक ही पहुँचाती रही। उन दिनों गोपाल बाबू में सिर्फ एक ही परिवर्तन आया था। अक्सर वे पार्क में जाकर बैठे रहते थे। रात के ट्यूशन निपटाकर, खुली-खुली हवा और अँधेरे पार्क में बैठे रहना उन्हें बेहद भला लगता था। उन्हें लगता था कि यूँ ही सिर्फ बैठे रहने में इतनी शान्ति मिलती है, इसकी जानकारी उन्हें पहले क्यों नहीं हुई।

सुरंजना मेहता के यहाँ विजय का ट्यूशन करना, आखिरकार सम्भव नहीं हुआ। उसके घर का परिवेश उसे पसन्द नहीं आया।

तीन

पोस्टग्रेजुएट के नये छात्र, जैसे ही यूनिवर्सिटी के गेट से अन्दर दाखिल होते थे, उनके कन्धे कस जाते थे और सीना फूल उठता था। हम सब उसी दल के छात्र थे। यूनिवर्सिटी जीवन ने हम सबकी आँखों में नशा भर दिया। छात्र जीवन की परिसमाप्ति करीब थी, इसी बीच बृहत्तर जीवन का आह्वान सुनाई देने लगा था। चूँकि अब यह जीवन छोड़कर जाना होगा, शायद इसीलिए ये बेपरवाह दिन बेहद भले लग रहे थे।

यूनिवर्सिटी के वे तमाम दिन क्या भुलाये जा सकेंगे? ये दिन मानो पंख लगाकर उड़ जाते हैं। हम सब कोई विजय तो थे नहीं। हम सब साधारण लड़के थे। साधारण रुचि थी हमारी! हम अन्यान्य लड़कों के साथ, क्लास से भागकर फिल्में देखने जाते थे; खेलते-कूदते थे; लड़कियों के साथ सैर-तफरीह करते थे; यार-दोस्त जब इश्क़-मुहब्बत करते थे, तो उन लोगों के लिए सुयोग-सुविधा कर देते थे। ये सब ऐसे दिन थे, जब दिल से दिल का जितना परिचय होता था, उतना ही टूट जाता था। टूटे-दिल प्रेमी दोस्तों को आशा-भरोसा देते थे—यह सब भी हमारा ही काम था।

राजनीति का आकर्षण भी क्या कम था? हमारा दीपंकर उछलकर बेंच पर चढ़ जाता था और चीख-चीखकर भाषण देता था।

जब वह बेंच से नीचे उतरता था, तो कह उठता था, "हाकिमगीरी तो करनी ही होगी, भइये! इसलिए चीख-चीखकर गले का जोर बढ़ा रहा हूँ।"

राजनीति को इतने हल्के में लेते देखकर, तपन भड़क जाता था। तपन हमारे अरुण का ही भाई था। एक क्लास जूनियर!

उसने कहा, "सब कुछ तुम लोग इतने हल्के ढंग से लेते हो, तभी तो जीवन में क़दम-क़दम पर पीछे हटना पड़ता है। तुम लोगों को ठहराव के लिए जगह कहाँ मिलती है?"

तपन माइक थामकर, गला फाड़-फाड़कर भाषण देना शुरू कर देता था—दोस्तो...

हम सब छात्र-आन्दोलन के बारे में यूनिवर्सिटी की दीवारों पर पोस्टर चिपकाते फिरते थे।

विजय हम लोगों में शामिल नहीं होता था। उसने दाखिला तो लिया था अंग्रेजी में, लेकिन, किताब वगैरह दर्शन-शास्त्र की लेता था। सविता राय को हर विषय में ही कौतूहल रहता था। चश्मा पहने, वह साँवली-सी, छरहरी लड़की हमेशा फिरकी की तरह नाचती रहती थी। खबर वही लायी थी।

मूँगफली चबाते-चबाते उसने कहा, "तुम लोगों के उस विजय दास की वजह से हम सबको एक भी किताब नहीं मिलती, पता है? जितने भी सन्दर्भ-किताबें हैं, सब उसने हथिया रखा है।"

"उसे वे किताबें मिल कैसे जाती हैं?"

"क्यों? कालिदास की मालिनी थी न? विजय दास को भी किताबें ला-लाकर देती है, वह माधवी! उफ रे उफ! उस दिन क्या बहसबाज़ी की, तुम नहीं जानते। उसका कहना था—विजय दास को हम लोग समझ ही नहीं सकते। उसे गलत समझकर, नाइंसाफी करते हैं। उसने यह भी कहा कि उसे पता है कि लड़के मखौल उड़ाते हैं। लेकिन आकाश के मुँह पर राख उड़ाना चाहें, तो जो हालत होती है, यह भी बिल्कुल वैसा ही है। जो लोग विजय को छोटा करने के चक्कर में पड़ेंगे, वे ख़ुद ही अपमानित होंगे।"

माधवी ने इतनी बातें सुना दीं? यह ख़बर सुनते हुए अरुण का चेहरा ज़रा फक्क पड़ गया।

हमारे इन हँसी-मज़ाक़ की आड़ में, हल्की-फुल्की बातचीत में, कहीं प्रेम की मंजरी भी खिल रही थी, इसकी हमें जानकारी नहीं थी। हमें यह समझ में नहीं आया कि चोरी-चोरी, बेहद ख़ामोशी से कोई मन-प्राण रक्ताक्त हुआ जा रहा था।

अब लगता है, उस वक्त हम क्यों नहीं समझ पाये? सारे के सारे लक्षण ही बिल्कुल स्पष्ट थे। कहीं, कोई कुहासा नहीं था, फिर भी हम क्यों नहीं समझ पाये? वह शायद कम उम्र की मूढ़ता थी। यह जीवन के बारे में अनभिज्ञता का परिणाम था।

अरुण हमारे बचपन का साथी था। स्वभाव का माधुर्य अगर इनसान की कोई खूबी होती है, तो अरुण भी सच ही गुणी था। मन-प्राण का इतना ऐश्वर्य प्रायः नज़र नहीं आता। अरुण किसी समृद्ध परिवार का लड़का नहीं था। लेकिन यार-दोस्तों की ज़रूरत पर वह हमेशा निश्चित भाव से देता रहा

था। वह भी चुपचाप! कुण्ठित भाव से, ताकि किसी को जानकारी न हो, जैसे, विजय के दाखिले के समय हुआ!

दिलीप ने कहा, "पूरे रुपये मेरे हाथ में नहीं हैं! कुल पच्चीस रुपयों के लिए लाचार हो गया।"

"पच्चीस रुपये?" अरुण ने सिर्फ इतना ही पूछा, लेकिन कुछ कहा नहीं।

कुछ ही दिनों बाद उसने वे रुपये लाकर दे दिये। लेकिन अपनी फ़र्माइश से तैयार कराये गये तबले की जोड़ी बेचकर, उसने इन रुपयों का इन्तज़ाम किया था। यह बात कोई जान भी नहीं पाता, अगर तपन हल्ला न मचाता। तपन, अरुण से छोटा ज़रूर था। मगर बड़े भाई के प्रति उसके मन में ममता-भाव था। उसका भाई ईषत् असहाय-निरुपाय था, अपनी बात वह जी खोलकर अपनी ज़ुबान पर नहीं ला पाता था, जबकि उसकी थोड़ी-बहुत रक्षा भी ज़रूरी थी—तपन को यही लगता था।

तपन की बात सुनकर दिलीप भड़क गया।

उसने कहा, "लाल बाज़ार की गली में बैठकर, अपनी फ़र्माइश के मुताबिक तूने तबलों की जोड़ी बनवायी, वह तूने बेच दिया? तू न, बिल्कुल बोगस है।"

अरुण ने सिर्फ इतना ही कहा, "तुम समझ क्यों नहीं रहे हो? वर्ना मुझे अपना तानपूरा बेचना पड़ता। यह मुझसे नहीं होता। भुवन बाबू अब बूढ़े हो चुके हैं, ऐसा तानपूरा अब कोई नहीं बना पाएगा।"

अरुण का स्वभाव हमेशा से ही चुप्पा था। मन बेहद संवेदनशील! लड़कियों से वह दूर-दूर से ही मिलता-जुलता था। उसके स्वल्प सम्भाषण और संयत बर्ताव में कोई आत्मप्रचार नहीं था।

चूँकि वह गाता अच्छा था, अरुण छात्रों के बीच बड़ी आसानी से लोकप्रिय हो उठा था। आजकल वह किसी गुणी संगीतज्ञ से तालीम भी ले रहा था। चूँकि वे गुरु अपने इस शागिर्द को प्यार भी करते थे, इसलिए अरुण को जलसे और महफिलों का थोड़ा-बहुत प्रमाणपत्र भी मिल गया था।

माधवी को हमने प्रेसिडेंसी से अपनी सहपाठिन के रूप में पाया था। लिखने-पढ़ने में अच्छी थी! ख़ामोश स्वभाव की लड़की! देखने में खूबसूरत! इससे भी ज़्यादा बड़ी बात यह थी कि उसमें काफी कमनीयता थी! माधवी में काफी नरम-स्निग्ध भाव था!

इस वक्त विजय के बारे में बोलते हुए, उस ज़माने की कितनी ही बातें याद आ रही हैं! अरुण याद आ रहा है! माधवी की याद हो आयी है। सबसे बढ़कर, सबके ऊपर विजय का ख़याल आ रहा है।

आज भी वे सभी लोग विद्यमान हैं। सभी अपने-अपने जीवन के सुख-दुःख, हँसने-रोने के साथ जी रहे हैं। अकेला विजय ही जी नहीं सका। वह चला गया।

वह भी उसे कैसे जाना पड़ा? उसके बारे में जितना सोचता हूँ, उतना ही दुःख होता है। विजय की वह सूरत, आँखों के आगे तैर जाती है। मेरे कमरे में आरामकुर्सी से पीठ टिकाकर वह गहन-गम्भीर, मोहक आवाज़ में आवृत्ति करता रहा–

To remember with love
to remember with tears.

विजय को आज क्या यह जानकारी है कि उसकी जवान उम्र के दिनों की यादें, मेरे प्यार और आँसुओं में भीग-भीगकर मुझ तक लौट-लौटकर आ रही हैं?

चलिए, अरुण और माधवी की ही बातें करें।

डायमण्ड हार्बर रोड के किनारे, ठाकुरपुकुर में दिलीप लोगों के बगीचे में अपनी एक पिकनिक की याद हो आयी है। हम सब हो-हल्ला मचाने में व्यस्त थे। विजय वहाँ घास पर बैठा-बैठा उमरखय्याम की आवृत्ति कर रहा था। बहुतेरे यार-दोस्त सुन रहे थे।

मुझे याद है, माधवी बिना ज़्यादा बात किये, बड़ी ख़ामोशी से कमर कसकर रसोई के कामकाज में जुट गयी। कच्ची लकड़ी की आग रह-रहकर बुझ जाती थी। उधर माधवी खिचड़ी पकाने में व्यस्त! उसे परेशान होते देखकर, अरुण उठकर उसका हाथ बँटाने चला गया। उसके बाद, उन दोनों ने मिलकर खाना पकाने का अप्रिय अध्याय खत्म किया। उसी दिन शाम के वक्त, अरुण ने गाना छेड़ दिया। माधवी ने ढेरों जुमलों में उसकी तारीफ नहीं की। सिर्फ उसकी आँखों ने उसका अभिनन्दन किया। अरुण को क्या उसी से प्रेरणा मिली थी? आँखें मूँदे, पेड़ के तने से टिके-टिके वह एक पर एक गाने गाता गया। इसके पीछे कोई प्रेरणा थी, उस दिन हम समझ नहीं पाये थे।

कभी, किसी दिन हमारी समझ में कुछ नहीं आया, अब, जो सोचता हूँ, तो हैरत होती थी। अरुण जैसा लड़का! उसका प्यार इसी ढंग से व्यक्त होगा, यह हमें समझना चाहिए था। इस माधवी ने ही भला क्यों नहीं समझा? उसके लिए तो यह समझना बेहद आसान था।

असल में हम सब सिर्फ विजय को ही देखते थे। विजय को छोड़कर, हमारी निगाह अन्य किसी पर नहीं पड़ती थी। न हम लोगों का, न माधवी का! विजय इस ढंग से हम सबको अपनी तरफ आकृष्ट किये रखता था कि किसी और की तरफ देखना, किसी और का मन समझना हमारे लिए सम्भव ही नहीं था।

हाँ, यह बात सभी जानते थे कि विजय की दीप्ति देखकर बाकी बहुतेरे लोगों की तरह, माधवी भी विस्मय-विमुग्ध थी। लेकिन इस बात को हम सबने अति स्वाभाविक मान लिया था। विजय के साथ हर किसी की तुलना नहीं हो सकती थी। विजय के सान्निध्य में रहकर विभ्रान्त न होना ही परम आश्चर्य की बात होती।

हम सबकी तरह माधवी भी विजय के नक्कूपन को प्रतिभा का स्वाभाविक रूप मानती थी। विजय एक अद्भुत लड़का है; विजय को कोई ठीक तरह समझ नहीं पाता; विजय के परीक्षा-परिणाम देखकर उसके बारे में निर्णय लेना गलत है—यह सारी बातें मुझसे, अरुण से माधवी ने बार-बार सुनी थीं। विजय के रूखे-रूखे बाल, दीप्त ललाट, गम्भीर आवाज़—इन सबने मिलकर उसके मन में कुहक जगा दी थी। विजय का व्यक्तित्व, रवीन्द्रनाथ द्वारा बयान किये गये उस यक्षपुरी के सुनहरे जाल की तरह, माधवी की निगाहों के सामने नित्य, नये जादू विस्तार करने लगा। उस पर्दे की आड़ में विजय उसके लिए मोहमय हो उठा। उसे किसी अवहेलित, अपमानित शेली या शोपेनहावर या गेटे से मिलने-जुलने का सौभाग्य मिल रहा है—इसी अहसास से माधवी धन्य हो उठी।

अरुण से माधवी का रिश्ता सहज दोस्ती का था। 'आप' जानने-सुनने की आड़ में अगर 'तुम' की खुसफुस चलती, तो अरुण सुखी होता। लेकिन, माधवी सहज प्रीति से भरकर ही उसे 'तुम' कहकर पुकारती थी। अरुण ने शायद यह सोचा कि माधवी जैसी लड़की के प्यार की अभिव्यक्ति, इसी तरह सहज और स्वाभाविक होगी। इसीलिए उसने प्रीति को ही प्यार समझ लिया था।

प्यार शायद इनसान को अन्धा कर देता है। प्यार आँखें खोलता नहीं, बल्कि दृष्टिहीन कर देता है।

लेकिन सूर्यमुखी फूल जैसे सूर्य की ओर ही देखता रहता है, उसी तरह माधवी ने विजय की ओर टकटकी बाँधे देखते रहना सीख लिया था, अरुण की नज़र इस पर नहीं पड़ी। उससे यही भूल हो गयी।

प्यार ने माधवी जैसी सहज लड़की को भी पहेली बना दिया। सच्ची, प्यार की राह बेहद जटिल होती है। अरुण को देखकर, वह सहज भाव से आगे बढ़कर, उससे बातें करती। लोगों के बीच, वह विजय की तरफ देखती तक नहीं थी। जब कभी अनजाने में उन दोनों की आँखें एक-दूसरे से मिल भी जाती थीं, तो माधवी शर्म से लाल हो उठती थी और अपनी आँखें फेर लेती थी। जब वह विजय से लोगों के बीच बात करती भी थी, तो ऐसे नरम लहजे, इतनी स्निग्ध सुर में बोलती थी कि ऐसा जाहिर होता था, मानो वहाँ और कोई न हो, कुछ भी न हो; जैसे कोई भक्त विनम्र मन्त्रोच्चार में अपने देवता की स्तुति करने आया हो।

अरुण को आसावरी और ललित की सारी गतिविधियों की समझ थी। लेकिन वह माधवी को नहीं समझ पाया।

विजय की भक्ति की जा सकती है; उसे देखकर मुग्ध हुआ जा सकता है, लेकिन उसे प्यार भी किया जा सकता है और माधवी उसे प्यार कर सकती है, ऐसी कोई सम्भावना अरुण के मन में कहीं नहीं थी। इसलिए माधवी का भावान्तर वह देखकर भी नहीं देख पाया।

माधवी उससे सहज भाव से मिलती-जुलती रही। सोशल में अरुण के साथ ही सेक्रेटरी बनकर, वह नाटक, जलसों और वाद-विवाद प्रतियोगिताओं का आयोजन करती रही।

वह कारण-अकारण ही अरुण से कहती थी, "चलो, अरुण, ज़रा चाय-शाय पी आएँ। अकेले-अकेले चाय पीना अच्छा नहीं लगेगा।"

आज मुझे लगता है, अरुण ने उन दिनों गौर क्यों नहीं किया कि चाय पीते-पीते माधवी घूम-फिरकर विजय के प्रसंग पर ही लौट आना चाहती थी। वह बार-बार विजय के बारे में ही सुनना चाहती थी।

आज उन गुज़रे हुए दिनों का दुःख-दर्द भला कौन याद रखता है?

कभी-कभी मेरे मन में यह सवाल जागता है कि विजय के बारे में, विजय पर केन्द्रित जब ये सारी घटनाएँ घट रही थीं, विजय क्या ये बातें जानता था?

मैं अक्सर सोचता हूँ और मेरे मन में सवाल जागता है कि विजय आखिर इतना आत्मकेन्द्रित क्यों था? काश, वह समझ पाता! काश, वह माधवी को समझना चाहता। काश! काश! चलो, छोड़ो! ये बातें सोचने का कोई मतलब ही नहीं होता। लेकिन फिर भी जाने क्यों तो लगता है कि हम सभी लोग तो रह गये, उसे ही क्यों जाना पड़ा? क्यों चले जाना पड़ा?

अरुण दोबारा याद आने लगा है।

उस दिन सविता राय अचानक उसके मुँह पर ही बोल उठी, "अरुण, तुम गलती कर रहे हो।"

अरुण जैसे अचकचा गया।

उस दिन क्लास ख़त्म होने के बाद, अरुण ने कहा, "चल, बादल, ज़रा कॉलेज स्क्वायर चलकर बैठें।"

हम दोनों कॉलेज स्क्वायर जा बैठे। अरुण शायद झट् से अपनी बात पर नहीं आ पा रहा था। उसने अपने भाई, तपन का ज़िक्र छेड़ दिया।

उसने कहा, "यह तपन ने काफी चिन्तित कर दिया है।"

तपन ने चिन्तित कर दिया है? मुझे उसकी बात समझ में नहीं आयी। तपन तो किसी को चिन्तित नहीं करता था। वह स्वयं चिन्तित होता था। उसे देखकर ऐसा लगता था मानो दुनिया-जहान के लोगों की चिन्ता-फ़िक्र उसने अपने ऊपर ले रखी हो। किसका बेटा यक्ष्मा का शिकार हो गया, उसे जादवपुर में भर्ती करना मुश्किल हो रहा है, तपन फौरन दौड़ पड़ा। इस-उस को धर-पकड़कर हो या चाहे जैसे भी हो। वह उसके भर्ती का इन्तज़ाम करके ही दम लेता था। हमारे पुराने स्कूल के अंग्रेजी सर, अपने बड़े बेटे की मौत पर मुसीबत में फँस गये। बाज़ार में उनकी तपन से भेंट हो गयी। तपन लाइब्रेरी की तरफ से दो-चार अच्छे-अच्छे आर्टिस्ट ले आया, टिकट बेचकर, जलसा कराया और रुपये इकट्ठा करके मास्टर साहब को दे दिये। इतना सब करके, वह धन्यवाद का प्रत्याशी हो, ऐसा बिल्कुल नहीं था। अरुण गाता था। अरुण को कोई असुविधा न हो, इस ख़याल से तपन घर

के सारे कामकाज खुद कर लेता था। बाज़ार, दुकान, डॉक्टर के यहाँ जाना, माँ को लेकर यहाँ-वहाँ जाना, बहन की शादी की खोज-खबर लेना—सारे काम वह खुद करता था। तपन भी किसी अन्य के लिए चिन्ता या परेशानी का कारण हो सकता है, यह तो मैं सोच भी नहीं सकता था।

अरुण ने रुक-रुककर कहा, "स्वाति जोवारदार के बारे में जानते हो न? तपन को बहुतेरे लोग बहुत कुछ कह रहे हैं। घर में बाबुम भी नाराज़ हैं। मैंने उससे काफी गम्भीर भाव से पूछा। तपन का कहना है कि स्वाति कोई बुरी लड़की नहीं है। वह बिल्कुल अकेली और बेसहारा है, इसलिए वह दोस्त की तरह उसे साथ देता है।"

हज़ार हो मन से संस्कार नहीं जाते।

मैंने पूछा, "स्वाति तो किसी की ब्याहता बीवी है न?"

"तपन ने बताया कि उस ब्याह का कोई मतलब ही नहीं है। विवाह के तीन महीने बाद से ही जोवारदार बर्मा में है। वहाँ वह किसी बर्मीज लड़की के साथ रहने लगा है। वैसे यह खबर झूठ भी नहीं है और वैसे भी यह बात कौन नहीं जानता कि जोवारदार ने रुपये के लिए स्वाति से ब्याह किया था? स्वाति के लिए स्कूल की नौकरी भी तपन ने ही जुटा दी है। जानते हो?"

"परेशान क्यों होते हो, अरुण? तपन आमतौर पर कभी कोई भूल नहीं करता।"

"परेशान नहीं हूँ, बादल! बल्कि मुझे तो श्रद्धा ही हुई है। सिर्फ प्यार करने से ही कुछ नहीं होता! साहस भी ज़रूरी है।"

अरुण फिर ख़ामोश हो रहा।

मैंने कहा, "चलो, अपनी बात बताओ, अरुण! मुझे तुमने तपन के बारे में बात करने को तो बुलाया नहीं।"

अरुण ने कहा, "बताता हूँ! वैसे बताने को ज़्यादा कुछ नहीं है। सुनो, मैं सोच रहा हूँ, अब मैं एम.ए. की पढ़ाई नहीं करूँगा।"

"अरे, यह कैसी बात, अरुण?"

"नहीं! मेरे मास्टर साहब भी मना कर रहे हैं। दो-दो काम मैं नहीं चला सकूँगा। गाने के दम पर भी मैं जीवन में खड़ा हो सकूँगा। कितने ही लाग तो गाने के बल-भरोसे अपने पैरों पर खड़े हुए हैं!"

"शायद खड़े हो भी जाओ। लेकिन काफी वक्त लगेगा। अगर यही

करना था, तो छह महीने पहले ही छोड़ सकते थे। क्यों नहीं छोड़ा? जब उस नये कॉलेज में गानों के लिए स्टाफ ले रहे थे? उस कमिटी में तुम्हारे मास्टर साहब भी तो थे?"

अरुण की निगाहें कुछ देर सामने की तरफ गड़ी रहीं।

थोड़ा ठहरकर उसने कहा, "छोड़ूँ भी तो छोड़ूँ कैसे? छोड़ दिया तो क्या माधवी को देख सकूँगा? तुम्हें पता है, हर रोज़ क्लास में इसलिए आता हूँ कि माधवी को नज़र भर देख सकूँ। तपन तो जाने कब से कह रहा है कि मैं एम.ए. छोड़ दूँ। मैं खुद भी समझता हूँ कि झूठमूठ पढ़ाई जारी रखने का कोई मतलब नहीं होता। फिर भी छोड़ नहीं पा रहा हूँ।"

अरुण ने पलटकर मेरी तरफ देखते हुए अपनी बात जारी रखी, "माधवी से मैं प्यार करता हूँ, बादल! लगता है, वह भी मुझे नापसन्द नहीं करती! उससे बात करूँ?"

मैं उसे क्या जवाब दूँ, मुझे समझ में नहीं आया।

अरुण ने फिर कहा, "यह भी नहीं कि मैं तुमसे यह जानना चाहता हूँ कि मैं क्या करूँ, क्या न करूँ। बस, यह बात बताने का मन हो आया। यह बात न मैं माधवी को बता सकता हूँ, न किसी और को। पिछले तीन वर्षों से बस, मैं बार-बार अपने से ही बातें किये जा रहा हूँ।"

"उससे बात करने में रुकावट कहाँ है, अरुण?"

"रुकावट अपने अन्दर है। जानते हो, बादल, अब तो यह आलम है कि माधवी के अलावा मैं और कुछ सोच ही नहीं सकता। ऐसा क्यों होता है?"

मैं कैसे जानूँगा? मेरे साथ तो ऐसा कभी हुआ नहीं। मैं अरुण को कोई जवाब नहीं दे सका। इस बात को लेकर मैं उससे कोई मज़ाक़ भी नहीं कर सकता था। अरुण हमेशा से ही दूसरों की बात सुना करता था, अपनी बात किसी से कभी नहीं कहता था। जब वह अपने अन्दर, अपने को रोक नहीं पाया, तभी उसने अपने बारे में मुझसे बात की।

"यह बात और कोई भी जानता है?" मैंने पूछा।

"पता नहीं! मैंने तो किसी को कुछ नहीं बताया।"

अरुण हमेशा से ही अपनी हर बात मुझे बताता था। इसीलिए उसका माधवी के साथ क्या हुआ था, वह सारी कहानी भी मेरे कानों तक पहुँची

थी। सब कुछ जानने के बावजूद भी मैं कुछ कर नहीं पाया। हमदर्दी जताकर, मैं अरुण को छोटा भी नहीं कर सका।

मन की व्यथा-वेदना की खास समझ मुझमें नहीं है। इसका कल-कब्जा बेहद जटिल, बेहद सूक्ष्म होता है। कहाँ घाव लगने से, क्या नुकसान होगा, मुझे यह जानने का सौभाग्य कभी नहीं हुआ।

अरुण ने आकर जब मुझसे सारी बातें बयान कीं, मैं चुपचाप सुनता रहा।

उसकी बातें सुनकर, मेरा सिर्फ यह कहने का मन हुआ—अरुण, तुम क्या इतने नासमझ हो? तुम्हें क्या कुछ भी समझ में नहीं आया?

नहीं, मेरे मन में यह कहने का ख़याल ज़रूर आया, लेकिन मैंने अपनी ज़ुबान से कुछ नहीं कहा।

विजय ने फ्रैंक लॉयड राइट पर जो लिखा था, वह स्टेट्समैन में तो नहीं, किसी अन्य अख़बार में छप गया था।

उस दिन माधवी खुशी से डगरमगर मुद्रा में क्लास में आयी।

दिलीप ने कहा, "आज विजय के सम्मान में, चलो, कॉफी पी जाए।"

पचासी किताबें खँगालकर, सन्दर्भ देते हुए, फुटनोट कंटकित उस लेख को लेकर, विजय से कहीं ज़्यादा गर्व हम सबको हुआ था।

उस दिन विजय ने आर्किटेक्चर पर भाषणबाजी शुरू कर दी। माधवी की तरफ मैंने चोर-निगाहों से देखा। माधवी की विभोर निगाहें विजय को छू-छूकर निहाल हुई जा रही थीं। मुझे लगा, अरुण अगर आज माधवी से कोई बात करे, माधवी के कानों तक उसकी बातें शायद पहुँचेंगी ही नहीं।

उस दिन घर लौटते हुए, रास्ते में अरुण ने माधवी से कहा, "चलो, माधवी, कुछ दूर पैदल-पैदल चलते हैं।"

दोनों ही दक्षिण कलकत्ते में रहते थे। कॉलेज स्ट्रीट से पैदल चलते-चलते, वे दोनों वेलिंग्टन स्क्वायर में आ बैठे। माधवी को आज जाने क्या हो गया था। उसे सबकुछ भला-भला लग रहा था।

"देखा, बेले के फूलों की कैसी खूबसूरत माला बेच रहा है?"

अरुण ने माला खरीदी।

माला अपने हाथ में लपेटकर माधवी ने कहा, "आज मूँगफली खायी जाए, तो मज़ा आ जाए। है कि नहीं?"

इसी बीच अरुण ने बात छेड़ दी, "माधवी, तुमसे एक बात कहूँ? पता नहीं, तुम जानती हो या नहीं। मेरा ख़याल है, तुम जानती हो।"

माधवी धीरे-धीरे मानो जड़ हो आयी। वह अरुण की ओर देखती रही।

उसने कहा, "अरुण, आज वह बात न करो, तो नहीं चलेगा?"

"क्यों, माधवी, मना क्यों कर रही हो? सुनो, माधवी, मैं तुम्हें प्यार करता हूँ। आज से नहीं, बहुत दिनों से! और मैं जानता हूँ, तुम्हें इस बात का अहसास है, माधवी!"

माधवी एकदम से परेशान हो उठी।

"अरुण, मैं फिर कहती हूँ, आज न हो, ये बातें रहने दो। आज के दिन मैं-तुम इस बारे में बात न करें, तो बेहतर होगा, अरुण!"

"ठीक है, माधवी!"

"तुम नाराज़ मत हो, अरुण! आज अगर तुम कुछ कहोगे, तो मुझे भी तो जवाब देना होगा। मैं तो तुमसे नाटक नहीं कर सकूँगी, अरुण। मेरा मन ही तैयार नहीं है।"

"सुनने के लिए? या जवाब देने के लिए?"

"दोनों के लिए। अगर आज तुम मुझसे बात करो, मैं कोई जवाब नहीं दे सकूँगी। चूँकि मेरा मन तैयार नहीं है, इसलिए जो जवाब दूँगी, वह तुम्हारे कानों को आकस्मिक लगे। तुम्हें चौंका दे। इसीलिए कह रही हूँ, आज रहने दो, अरुण।"

माधवी ने मानो विनती की।

अरुण ने भी कोई सवाल नहीं किया।

उसने सिर्फ इतना ही कहा, "ठीक है, माधवी, चलो, आज रहने ही दें।"

"तुम्हें तकलीफ हुई, अरुण?"

"नहीं, माधवी, देखो न मैं हँस रहा हूँ। तुम चली जाओ, माधवी! मैं यहाँ कुछ देर अकेला बैठना चाहता हूँ! ठीक है?"

माधवी चली गयी।

उस दिन अरुण उस पार्क में काफी देर तक अकेला ही बैठा रहा। उसे माधवी की बातें, माधवी का चेहरा याद आता रहा। वह काफी देर तक वहीं बैठा रहा। बस-ट्रामें बन्द हो गयीं। उस दिन अरुण पैदल-पैदल

घर लौटा। उसके मन में सैकड़ों सवाल उठते रहे। माधवी की बातों में क्या कहीं इनकार छिपा हुआ था? माधवी उस तरह डर क्यों गयी थी? उसे ज़रा तो सिरा थामे रहना चाहिए था? वह ऐसे सुर में बात खत्म कर सकती थी, ताकि अरुण को मन की बात कहने का एक और मौका तो मिल पाता! लेकिन, ऐसा तो हुआ नहीं! माधवी की बातों से तो ऐसा लगा कि उसने पूरी बात पर पूर्णविराम लगा दिया।

अरुण ने मन ही मन तय किया कि वह भिखारी बनकर दोबारा उससे बात करने नहीं जाएगा।

अगले दिन से अरुण पूरी सतर्कता के साथ, अतिशय शोभन ढंग से माधवी से बच-बचकर चलने लगा। उसके मन की बात, मन में ही रही। लेकिन आचरण-व्यवहार से यह साफ जाहिर होने लगा कि उन दोनों की सहज मित्रता के बीच, कहीं दरार आ चुकी है। उन दोनों के बीच कहीं, कोई विच्छेद-रेखा उतर आयी है। मानो तेज़धार हीरे की नोक से किसी काँच पर बाल जैसी महीन रेखा खींचकर काँच के दो टुकड़े कर दिये गये हैं।

माधवी के लिए यह समझना बाकी नहीं रहा कि उसने अरुण के मन को ठेस पहुँचायी है। उसे अफसोस हुआ। लेकिन, वह निरुपाय थी। उन दिनों वह अरुण के लिए कुछ भी नहीं कर सकती थी। सुदूर किसी मीनार-स्तम्भ पर रोशनी का तेज़ आलोक देखकर, अगर कोई पथिक दौड़ता चला आये और करीब के आश्रय का आह्वान करे, तो वह उसकी उपेक्षा करते हुए ही आगे बढ़ेगी। वह पथिक उस लक्ष्य तक पहुँचेगा या नहीं, यह सवाल अप्रासंगिक था। उसके लिए तो अपने लक्ष्य की ओर दौड़ते रहना ही बड़ी बात थी।

उन दिनों विजय, माधवी को उस तरह अपनी ओर खींच रहा था। माधवी जैसे और कुछ भी नहीं सोच पा रही थी। विजय को देखते ही उसका चेहरा-मोहरा बदल जाता था। विजय की बातें सुनते-सुनते उसे लगता था मानो वह सुर-सप्तक में बँधी कोई बीन बन गयी है। उँगली का स्पर्श पाते ही वह राग जयजयवन्ती बन जाएगी।

उसके अन्दर जैसे कोई चिराग़ जल उठता था। वह विमुग्ध नज़रों से विजय की ओर देखती रहती थी। वह विजय की एक-एक बात, एक-एक संकेत का मानो इन्तज़ार करती रहती थी।

माधवी अपने ट्यूटोरियल क्लास में अच्छा कर रही थी।

यह सुनकर विजय ने कहा, "वा-ह! अच्छा ही तो है।"

उसी दिन से माधवी पूरे जी-जान से लिखने-पढ़ने की कोशिश करने लगी।

यह देखकर सविता ने सवाल किया, "विजय की मित्र बनना बेहद मुश्किल है न, माधवी? मन से भी योग्य बनना पड़ता है, शिक्षा-दीक्षा में भी, है न, माधवी?"

उसके सवाल में कोई व्यंग्य या कोई इशारा था, जिसने माधवी को स्पर्श नहीं किया।

उसने अपनी विस्मय-विमुग्ध आँखें सविता के चेहरे पर टिकाकर, अतिशय कृतज्ञ भाव से जवाब दिया, "हाँ, सविता, तुम्हें क्या यह बात समझ में आती है?"

सविता को एक दिन अरुण के लिए सच ही अफसोस हुआ।

उसने मुझसे ही कहा, "तुम लोगों का दोस्त, यह अरुण निहायत अभागा है और उससे भी ज़्यादा यह माधवी अभागिन है।"

आज मुझे लगता है, सविता के शायद ठीक-ठीक ही समझा था। वह विजय दास की भक्त-मण्डली में जो शामिल नहीं थी। उसने विजय को सही-सही पहचान लिया था। उसे कोई ग़लतफहमी नहीं हुई।

लेकिन, हम सबने क्या अपनी आँखों पर कोई अदृश्य चश्मा चढ़ा रखा था? किसी रंगीन काँच के अन्दर से विजय को देख रहे थे?

विजय के बारे में सोचते हुए, ये तमाम बातें मुझे याद आती हैं। आज भी याद आती हैं।

उन दिनों माधवी को देखकर अरुण प्यार और प्रीति के फर्क को बखूबी समझ गया। सबकी निगाहों की आड़ में वह भी माधवी को निरखता-परखता रहता था।

बाद में, काफी बाद में उसने कहा, "चलो, माधवी मुझे प्यार न भी करती हो, न सही! प्यार में पड़कर माधवी जो इतनी खूबसूरत नज़र आएगी, मैं वही निरखता रहता था, बादल! मेरा ख़याल था, माधवी के अन्दर मैं

वही अतलान्त घनी श्याम-गहराई ला सकूँगा। उसे ऐसे ही सुर में बाँधकर बजा सकूँगा, लेकिन मैं फेल हो गया। चलो, कोई बात नहीं, उसे नहीं बजा सका! यही सही! लेकिन, माधवी, माधवी ही है। किसी से भी उसकी तुलना नहीं की जा सकती।"

बहरहाल, मुझे इन सब बातों की समझ नहीं थी। प्यार-मुहब्बत के बारे में मैं निरा अनाड़ी था। इसके अलावा, अरुण की निगाहों में माधवी जितनी खूबसूरत थी, मेरी निगाहों में उतनी खूबसूरत कैसे हो सकती थी? यह तो लैला-मजनू का मामला था। अरुण ने ही कभी, कहीं से पढ़कर सुनाया था कि लैला को देखकर, कोई विदेशी कवि एकदम से आश्चर्यचकित हो उठे थे। उन्होंने पूछा—"तुम ही लैला हो? तुम तो असाधारण रूपसी नहीं हो। तुम्हें देखकर, वह नौजवान मजनू कैसे बन गया? तुमने, उसे कैसे दीवाना बना दिया?" उसकी बातें सुनकर लैला ने जवाब दिया—"लैला को मजनू की आँखों से देखो।"

यानी लैला को मजनू की निगाहों से देखना होता है। अगर प्रेमी आँखें न हों, तो मर्त्यलोक के किसी अन्य इनसान में स्वर्ग की सुषमा कैसे खोज पाओगे?

लेकिन अरुण ने विजय से किसी दिन भी कोई बात नहीं की। लेकिन लोगों में कानोकान खबर हो ही गयी। नहीं, अरुण की वजह से नहीं, माधवी की वजह से ही! विजय के प्रति अपने प्यार में माधवी ने कोई अवगुण्ठन नहीं रखा। कहना चाहिए—विजय दास को वह प्यार करती थी, इस सच को उसने किसी महामूल्यवान हीरे के ज़ेवर की तरह धारण कर लिया! सभी लोगों को देखने दिया, जानने दिया। इस विजय में अद्भुत क्षमता थी, वर्ना माधवी के लिए इस हद तक आत्मप्रकाश लगभग निर्लज्जता का ही पर्याय था। सविता राय की बातचीत में अब माधवी के प्रति मामूली-सा व्यंग्य भी घुलमिल गया था।

इस त्रिभुज सम्पर्क से समूची यूनिवर्सिटी मुखर हो उठी। अरुण माधवी को प्यार करता है, माधवी विजय का प्यार चाहती है। और विजय? विजय तो अपने अलावा शायद किसी को प्यार नहीं करता था। जिन लोगों को विजय फूटी आँखों नहीं सुहाता था और हम सबको विजय का चमचा

कहकर ताने-व्यंग्य सुनाते थे, उन कई लोगों ने मिलकर 'नार्सिसस और माधविका' शीर्षक से एक पतली-सी किताब ही छपा डाली। वह पुस्तिका हाथोंहाथ घूमती रही।

माधवी को देखकर कोई-कोई उत्साही छात्र फिकरे कसता था, "अहो, माधवी, डरपोक माधवी, तुममें इतनी दुविधा क्यों?"

माधवी रंग-बिरंगी साड़ी पहने, खूब सज-धजकर, अपने सपनों में विभोर रहती थी। इतनी-इतनी बातें, फिकरे, इतनी-इतनी हँसी-दिल्लगी, मानो उसे कुछ भी स्पर्श नहीं करती थी।

और विजय?

आज मुझे लगता है, माधवी का वह प्यार, निगाहों की वह दृष्टि, चेहरे की हँसी में बरसता हुआ लगातार आत्मनिवेदन, विजय को शायद स्पर्श भी नहीं कर पाया। विजय समझ नहीं पाया।

चार

विश्वविद्यालय में उस वर्ष जिन छात्रों ने अंग्रेजी में एम.ए. पास किया, उन लोगों में विजय दास का नाम सबसे अन्त में था। लेकिन उन दिनों उसकी साधना, सिद्धि की राह पर थी। उसे घेरे हुए एक पूरी की पूरी नक्कू भक्त-मण्डली गढ़ उठी थी। उन्हीं लोगों में से किसी एक के बालीगंज के मकान के काँच के हॉल में उन लोगों के 'सिलेक्ट' क्लब का अधिवेशन हुआ।

दिलीप ने आकर बताया, "यह कोई सीधी-सहज बात नहीं है। अधिवेशन रेनी पार्क की उस मशहूर कोठी में आयोजित किया गया था। उस कोठी की ईंट-ईंट कल्चर में भीगी हुई थी।"

"दारू-शराब में भीगी हुई थी न?"

प्रणव को चपत जड़ते हुए दिलीप ने उसे ख़ामोश कर दिया।

दिलीप ने कहा, "वे लोग शराब के डीलर हैं। वे लोग 'सेन' को 'seyne' लिखते हैं, बँगला में 'शेइन' कहते हैं। लेकिन इस वजह से कोठी की ईंटें क्यों शराब में भिगोने लगे? असल में, तुम लोग निरे 'बोगस' जीव हो। तुम

लोग तो बँगला ही ठीक तरह नहीं समझते, अंग्रेजी क्या समझोगे? किसी ज़माने में, वे लोग जर्मनी से वॉयलिन बजाते हुए आएँगे, इसलिए उन लोगों ने मिनिएचर स्टेज तक बना डाला था। कल्चर की भयंकर ख़ब्त है। वे लोग प्यालियों में चाय-कॉफी नहीं पीते। बोर्निओ से बाँस की कटोरी ले आये हैं। उन लोगों की कोठी में देशी पेड़ों में काश्मीर के चिनार पेड़ों की भरमार है। बाकी सारे पेड़ भी विदेशी हैं। जापान से विशेषज्ञ लाकर, उन लोगों ने बगीचे का नक्शा बनवाया था। जो जापानी सज्जन यहाँ तीन महीने रहे थे, सुना है उतने कई दिनों, मिसेज़ सेन कियोनो पहना करती थीं; जापानी पैटर्न से बाल सँवारती थीं; घुटने मोड़कर बैठकर चाय की कटोरी प्रणाम की भंगिमा में हाथ में उठाती थीं। हाँ, तो विजय ने इस बार क़िला फतह कर लिया।"

"उस कोठी में घुसाया तो तूने ही है न? सुना है, उस कोठी की रंजना के संग तेरी बड़ी दोस्ती है!"

दिलीप को झेंपते देखकर, हम सबने ज़ोर का ठहाका लगाया।

दिलीप ने कहा, "उन लोगों की कोठी में यही एक लड़की अजीबोगरीब है। उसे वे लोग किसी हाल में इनसान नहीं बना पा रहे हैं। उन लोगों की इन पार्टियों में कदम भी नहीं रखती। इसीलिए...उसके माँ-बाप, दीदी लोग कितने दुःखी हैं। मिसेज़ सेन, डैड को जानती थीं। मिसेज़ सेन ने मुझसे कहा—ज़रा देखो, दिलीप, अगर तुम उसे इनसान बना सको! बस, इसीलिए मेरी उससे दोस्ती है, वर्ना मुझ जैसे कुपात्र से उसकी दोस्ती हो सकती थी भला? वैसे मैंने उन लोगों से साफ कह दिया है कि उसे मुझसे शादी करनी होगी, वर्ना मैं उससे दोस्ती नहीं कर सकता।"

"क्या कहा तूने? जान-पहचान हुई नहीं कि शादी? तू न निरा कमबख्त है।"

दिलीप ने कहा, "क्या करूँ, बिरादर? मैं तकलीफ उठाकर दोस्ती करूँ और कोई और बन्दा उसे ब्याह ले जाए? यह मुझसे बिल्कुल भी बर्दाश्त नहीं होगा। अरुण को देख लिया न! मैं ऐसे सब दुःख-दर्द बिल्कुल बर्दाश्त नहीं कर सकता। ऐसे में घोर कलह हो जाएगी।"

"रंजना सेन ने क्या कहा?"

"नहीं बताऊँगा!" दिलीप इस अन्दाज़ में हँसा कि साफ़ जाहिर था कि उसे एक बार मनाया जाए, तो वह बता देगा।

थोड़ा रुककर दिलीप ने खुद ही कहा, "विजय को वे लोग ज़रा बैक करें, तो देखना, दो वर्षों बाद विजय की पूँछ पर हाथ भी नहीं लगाया जा सकेगा।"

विजय ने रेनी पार्क के 'सिलेक्ट' में जाना शुरू कर दिया और हमारे दल से वह टुप् से खिसक गया। अब, विजय को बुलाते रहने पर भी, हमारे लिए वह दुर्लभ हो गया।

हम जब भी उसके घर में उसकी खोज करते थे, सुजय या कुमुद यही जवाब देते थे–भाई घर पर नहीं हैं!

विजय के नये परिचित दल ने जैसे उसके अनभ्यस्त दिमाग़ को स्कॉच के नशे की लत लगा दी, उन लोगों ने भी शायद विजय के जरिये ज़ुबान का स्वाद बदलने के लिए विशुद्ध देशी ताड़ी का भी आस्वाद पाया यानी दोनों पक्ष ने दोनों पक्षों को नशे की लत लगा दी। दोनों पक्ष का ख़ासा जम गया।

रेनी पार्क की उस कोठी में शाम के वक्त जो लोग जुटते थे, वे लोग बांग्लादेश के कुछेक चुने-चुनाये मर्द-औरत होते थे। उनमें महिलाओं की संख्या ही अधिक होती थी। वे सब अजीबोगरीब नक्कू-मण्डली के औरत-मर्दों ने विजय दास का नाम कभी-कभी सुन रखा था। हाँ, सीधे-सीधे परिचय नहीं हुआ था। वहाँ मध्यवित्त लोगों को प्रवेश का प्रमाणपत्र नहीं मिलता था।

माधवी की गोष्ठी से भी विजय अचानक गुम हो गया। माधवी को अचानक जैसे कुछ समझ में नहीं आया। एम.ए. पास करने के बाद वह लड़कियों के किसी कॉलेज में लेक्चरर बन गयी। उन दिनों मैं भी नौकरी के लिए परीक्षा दे रहा था और बाकी समय अपने काका के दफ्तर में क्लर्की के काम में हाथ पका रहा था। दीपंकर विलायत चला गया था। अनादि आर्ट कॉलेज की पढ़ाई पूरी करके निकलने वाला था। किसी विज्ञापन कम्पनी में उसके लिए नौकरी निश्चित हो चुकी थी। अरुण जी-जान लगाकर गाने की तालीम ले रहा था। ऐसा लगा, उसकी एम.ए. की पढ़ाई व्यर्थ चली गयी।

माधवी घूम-फिरकर मेरे ही पास चक्कर लगाती रहती थी और एक ही सवाल पूछती थी, "विजय की कोई खबर तुम्हें मालूम है, बादल?"

उतने दिनों में हमें सिर्फ इतना भर पता चला था कि विजय, माधवी को दिन भर में एक बार भी याद नहीं करता। लेकिन यह बात मैं माधवी को कैसे बताता? माधवी अरुण के आशाभंग की कारण थी। लेकिन इससे

वजह से मैं माधवी का दिल कैसे तोड़ता? मैं मनगढ़न्त ऐसी कोई बात जड़ देता था, जो माधवी को भला लगे।

मैंने कहा, "विजय आजकल सैकड़ों कामकाज में व्यस्त है। तुम्हें ज़रूर पता होगा कि विजय अंग्रेजी रूमानी कविता को नयी व्याख्या देते हुए कुछ लिख रहा है। पूरा करके किताब प्रकाशित करेगा।"

"लेकिन, वह घर में रहता नहीं, बादल?"

"घर में बैठकर भला ये सब काम सम्भव है, माधवी? यह लिखने के लिए लाइब्रेरी में काम करना पड़ता है।"

"किस लाइब्रेरी में जाता है, तुम जानते हो?"

उफ! प्यार इनसान को इतना अबूझ क्यों बना देता है? माधवी मुझे इतनी सारी बातें बोलने को विवश क्यों करती थी?

मैंने कहा, "सेन परिवार की कोठी में विराट लाइब्रेरी है, तुम जानती हो? विजय आजकल वहीं काम कर रहा है।"

माधवी ने कहा, "अरे हाँ! विजय ने बताया तो था, मैं ही भूल गयी थी।"

कभी-कभी ऐसा भी होता था कि अरुण मेरे ही घर में बैठा होता था। माधवी उसी के सामने मुझसे बात करने में जुटी होती थी।

जब वह चली गयी, तो अरुण ने कहा, "बादल, माधवी को तुम इतनी झूठ-झूठ बातें मत कहा करो। मुझे अच्छा नहीं लगता।"

"सच बातें क्या उसे बतायी जा सकती हैं, अरुण?"

अरुण ख़ामोश नज़रों से मुझे देखता रहा।

थोड़ा ठहरकर उसने कहा, "ना! आशाभंग उससे शायद नहीं सहा जाएगा। लेकिन, बादल, किसी न किसी दिन तो वह जान ही जाएगी।"

"इसमें मैं क्या कर सकता हूँ, तुम बताओ, अरुण?"

बहरहाल, इसी तरह चलता रहा। माधवी आती, विजय को खोज-खाजकर चली जाती। अरुण पर नज़र पड़ जाती तो हद से हद अपने चेहरे पर शराफत की मुस्कान बिखेर देती थी! इधर अरुण, माधवी के बारे में बिल्कुल नहीं सोचना चाहता था, फिर भी वह उसी के बारे में सोचता रहता था। माधवी आती थी, कुछ देर हताश-निराश नज़रों से देखती रहती थी और लौट जाती थी।

उसे देख-देखकर अरुण के मन में सिर्फ यही सवाल उठता था—माधवी के चेहरे पर फैली हुई यह हताशा, क्या वह खुद नहीं मिटा सकता? आदमी इतना अक्षम, इतना निरुपाय क्यों होता है?

माधवी अगर जान पाती कि कौन लोग उसकी प्रतिद्वन्द्विता में खड़े हैं, कौन लोगों ने विजय के दिन-रातों को भर रखा है, तो वह निश्चित रूप से ऐसी अबूझ आशा के मोह में घूम-घूमकर यूँ जान-प्राण नहीं देती।

विजय का बुद्धिदीप्त चेहरा, अति सहज भाव से तमाम प्रचलित मतवाद की उपेक्षा करने का साहस, इनसान को देखकर भी अनदेखा करने का बहाना करना—यह सब देखकर बिबली बोस, बूला राय, पिकपिक सोम वगैरह प्रमुख विवाहिता-अविवाहिता महिलाएँ उसकी ओर झुक आयीं। उन लोगों के भूगोल में यह बात कहीं नहीं लिखी थी कि दुनिया गोल है। वे लोग जानती थीं कि यह दुनिया चाँद के चम्मच के आकार में बनी है। जन्म से लेकर मृत्यु तक उन लोगों के जीवन में सुरक्षा का अटल आश्वासन मौजूद था। अजस्र रुपये, अजस्र दौलत न हो, तो कैसा लगता है, यह बात वे लोग कभी जान नहीं पाएँगी।

इसके बावजूद, वे लोग रुपये-पैसों के अलावा और किसी चीज को प्यार कर भी नहीं सकती थीं। इस शब्द का वे लोग अलग-अलग समय में अलग-अलग तरह से इस्तेमाल करती थीं। इनसान को प्यार करती हैं, थियेटर को प्यार करती हैं, कुत्ते को प्यार करती हैं, संगीत को प्यार करती हैं, कटकी साड़ी को प्यार करती हैं, ठण्डी बियर प्रिय है, हरी घास प्रिय है—ये तमाम बातें वे हर वक्त दोहराया करती हैं। लेकिन यह सब, ऊपरी स्रोत है। नदी तले भी उसी तरह असली, नियन्ता स्रोत, रेत की छाती पर अविराम बहती जाती हैं, इन लोगों के मन के अतल में भी उसी तरह प्यार सबकुछ को स्पर्श किये रहता है। मन का यही अतल सबकुछ को नियन्त्रित करता रहता है और यही है असाधारण अर्थ-प्रीति। ये महिलाएँ रुपयों को किस हद तक प्यार करती हैं, यह तो वे लोग जानते हैं, जो इन लोगों के पतियों के अधीन काम करते हैं। इन गृहिणियों की अर्थप्रीति का दंश बैरे,

दर्जी, मोदी या बावर्ची जैसे अभागे ही समझते थे। उनके मामलों में चार-आठ आने के लिए ये लोग सुबह-सवेरे ही लगातार घण्टे भर तक डाँट-डपट करती रहती थीं। दस-बीस वर्ष पुराने नौकर को भी टुकड़ा भर मछली, ज़रा-मक्खन या एक रुपया चोरी करने पर डाँट-डपट करने से वे लोग बूँद भर भी नहीं हिचकिचातीं। बड़ी कोठी या बड़ी गाड़ी देखकर, मदद पाने की उम्मीद में अगर कोई अभागा याचक उनके सामने आ पड़ता है, तो ये महिलाएँ उसे खड़ा करके, दो घण्टों तक यह लेक्चर देती थीं कि भिक्षावृत्ति कितनी हीन होती है और उसे खाली हाथ लौटा देती थीं।

उसके बाद शाम ढलने लगती थी। इन लोगों के मन में अन्यान्य प्यार जाग उठता था–संस्कृति की भूख, साहित्य की प्यार–खूबसूरत-खूबसूरत चित्तवृत्ति!

ऐसे में तब, 'सिलेक्ट' का ही आसरा-भरोसा होता था।

उन लोगों के समाज में व्यक्ति के भले नाम से पुकारने का रिवाज़ नहीं था। इसलिए बंगाल के मशहूर बिज़नेसमैन, अन्यतम मान्यवर गांगुली साहब यहाँ कदम रखते ही फौरन बबलू हो जाते थे।

उन्हें देखकर प्रख्यात डॉक्टर की बीवी, सुचन्दा सोम, इत्मीनान से टहोका मारकर पूछती थीं, "बबलू तुम इतने पाजी हो गये हो? डॉक्टर भाग्नार के रिसेप्शन में आये क्यों नहीं?"

उनकी भर्त्सना करते हुए उनकी तराशी हुई भौंहें थर-थर काँपती रहती थीं।

बबलू ने कहा, "पिकूपिकू, मैं उस रिसेप्शन में क्यों जाऊँ? मैंने तो तुमसे कहा, डॉक्टर को कहीं बाहर भेज दो और मेरे साथ चलो। हम डी वी सी घूम आएँ। सिर्फ तुम और मैं। चाँद की रोशनी में कोनार डैम कितना खूबसूरत नज़र आता है, तुमने देखा नहीं।"

पिकूपिकू ने कहा, "चलूँगी। लेकिन यहाँ एक बेहद दिलचस्प इनसान आये हैं–विजय दास! कितनी विद्रोही-विद्रोही सूरत! मुझे तो लगा, जैसे मैं यंग बिथोवन को देख रही हूँ।"

"अच्छा?" गांगुली साहब हँसते हुए वहाँ से खिसक गये।

यहाँ आकर विजय को देखकर, अजय राय की बीवी, लतिका राय को

लगा–गाड़ी, कोठी, सुदर्शनकान्ति पति, चाय बागान में मोटा शेयर और सुन्दर-सुन्दर, दो-दो सन्तानें–इनमें कोई सुख नहीं है। उन्हें अपना आपा भीषण दुःखी-दुःखी लगता था। अपनी डेढ़ सौ रुपये की कीमती साड़ी, मिट्टी पर फहराते हुए, वे घास पर, विजय की बगल में आ बैठीं।

उन्होंने कहा, "जानते हैं? ज़िन्दगी में कोई मनलायक साथी नहीं मिला। किसी को पाया ही नहीं।"

"मन का साथी मिलता नहीं, मिसेज राय। अपने मन का रंग मिलाकर, उसे गढ़ लेना पड़ता है।"

"आप मुझे बूला कहें। मिसेज राय, यह परिचय तो आठ वर्ष पुराना है। लेकिन, उससे पहले के बीस वर्षों तक, सभी मुझे 'बूला' के नाम से ही जानते हैं।"

कुछेक पल बाद ही बूला ने अपनी सहेली, सूमा तालुकदार से कहा, "कैसा रूखा-भूखा, इण्टरेस्टिंग चेहरा है उसका! मैंने उससे कहा है कि वह मुझे 'बूला' बुलाये।"

बिबूली बोस का जीवन बेहद थकानभरा था। उसे हर कुछ में थकान महसूस होती थी। स्टिवेडोर घराने की लड़की थी वह। बाप-दादा, सभी स्टिवेडोर थे। एक के बाद एक सिगरेट पीते रहने के अलावा, उसका और किसी बात में आकर्षण नहीं था। जब उसे इस देश में थकान छाने लगती थी, वह विलायत चली जाती थी। वैसे बिबूली बोस शक्ल-सूरत से रूपसी नहीं थी। लेकिन इससे भला क्या फर्क पड़ता था? रुपये-पैसों का एक स्तर ऐसा भी होता है, जिसके बाद रूप की ज़रूरत नहीं पड़ती। रातों की पार्टी, रातों का ब्रिज-खेल, रातों की ज़िन्दगी गुज़ारते-गुज़ारते बिबूली की हालत ईषत् निशाचर, उल्लू जैसी हो गयी थी। दिन के वक्त वह जगी नहीं रह पाती। उसकी आँखों मानो सोयी-सोयी रहती थीं। विजय को देखकर उसकी उनींदी आँखें भी मानो सजग हो उठीं।

उसने करीब आकर पूछा, "तुम विजय हो? सुनो, मैं किसी को 'आप' नहीं कहती। तुम नाराज़ मत होना। तुम ही? तुमने ही फ्रैंक लॉयड राइट पर लिखा है? राइट को मैं अमेरिका में देख चुकी हूँ। मुझसे परिचय भी हुआ था। विजय, तुम मुझे अच्छे लगे हो।"

इसी तरह जाने कितने ही लोग—सण्टू मित्तिर, शिरीन दत्त, जी जी, मिसी, टूटू, सोना, दिया, बुलबुल—सभी लोग विजय दास को देखकर मुग्ध हो उठे।

ऐश्वर्य की अफीम में, जीवन बचाये रखने का सहज आनन्द, सहज सुख-दुःख, जिन लोगों के लिए बिल्कुल अज्ञात था, उन्हीं लोगों ने उत्साहित लहजे में कहा, "मिल गया; मुझे मिल गया! किसी एक प्रतिभा का सन्धान मुझे मिल गया।"

हैरत की बात यह थी कि अर्थकुलीन समाज की इन सभी बत्तीस-बत्तीस कठपुतलियों की ज़ुबान से अपनी स्तुति सुनकर, विजय के मन में भी धारणा हो गयी—सच ही, वह असाधारण है!

'सिलेक्ट' में जो कोई नयी प्रतिभा आती थी, उसे सबसे पहले, अपनी चुटकियों में उड़ा ले जाती थी—सुचन्द्रा सोम! वैसे यहाँ, इस 'सिलेक्ट' में सुचन्द्रा, पिक्‌पिक् नाम से ही जानी-मानी जाती थी। उसे सुचन्द्रा नाम से, सिर्फ एक ही जन पुकारते थे। वे थे संजय सोम! सुचन्द्रा के देवर! आसाम के चीफ कन्जर्वेटर ऑफ फॉरेस्ट की एकमात्र दुलारी बेटी, पिक्‌पिक् मित्र, डॉक्टर अंजन सोम और बड़े चाकरिया, संजय सोम, उन दोनों के साथ टेबल-टेनिस खेलती थीं। पिक्‌पिक् के जन्म के बारे में उस जमाने के सरकारी खिताबी महल में तरह-तरह की अफवाहें फैली हुई थीं। दुष्ट लोगों का कहना था कि पार्वती नामक किसी आया के साथ, पिक्‌पिक् के पिता का प्रेम-सम्बन्ध था। पिक्‌पिक् उसी प्यार की हस्ताक्षर थी, वर्ना ऐसा दूरन्त यौवन, जो पिक्‌पिक् की श्रेष्ठ सम्पदा थी, वह सभ्य समाज में और शरीफ-खून में सम्भव नहीं था।

पिक्‌पिक् के छोटे-छोटे बाल, चमकती हुई आँखें, बादामी रंग की सेहतमन्द भरी-भरी कसी हुई त्वचा, उन्नत उभार, लाल-सुर्ख होंठ—सबकुछ मिलाकर दोनों सोम भाइयों को वह ट्रॉपिक किसी नाम-न-जाने पाखी की तरह अद्‌भुत और आकर्षक लगी।

नज़र यह आया कि दिल के खेल में भी पिक्‌पिक् पक्की खिलाड़िन थी! वह खेलना जानती थी। उसने अंजन सोम से शादी ज़रूर कर ली। लेकिन जैसा कि सभी ने उम्मीद की थी, वैसा कुछ भी नहीं हुआ। संजय सोम ने हाथ में बन्दूक लेकर अंजन सोम का पीछा नहीं किया। दोनों भाइयों में

द्वन्द-युद्ध भी शुरू नहीं हुआ। बल्कि सभी को आश्चर्य में डालते हुए, पिक्पिक् और अंजन सोम की शादी का निमन्त्रण-पत्र संजय ही घर-घर बाँट आया।

शादी के साल भर बाद से ही यह जाहिर हो गया कि इस पिक्पिक् नामक औरत में असाधारण क्षमता है।

अंजन सोम अपने नर्सिंग होम और रोज़गार में ही व्यस्त रहते थे। पिक्पिक् को साथ देने का जिम्मा संजय पर पड़ा। हैरत की बात यह थी कि इस समाज में सारा कुछ जोड़-तारित के सहारे ही चलता था। इसके लिए संजय सोम को खास अफसोस भी नहीं हुआ। नर्सिंग होम में खूबसूरत-हसीन सिस्टर का चुनाव करने में अंजन सोम खासे दक्ष थे।

संजय सोम के साथ पिक्पिक् के रिश्ते की जानकारी सभी को थी। संजय आज भी पिक्पिक् को सुचन्द्रा नाम से ही बुलाते थे। पिक्पिक् कुछ-कुछ दिनों बाद, किसी नयी प्रतिभा, किसी नये-नये शख़्स में मगन हो उठती थी। संजय को इसमें अफसोस नहीं था। वे जानते थे कि यह सब ऊपरी-ऊपरी मामला है। असल में दिल की गहराइयों में (पिक्पिक् के सीने में अगर दिल नामक चीज़ मौजूद हो) पिक्पिक् उनसे ही बँधी हुई थी।

विजय दास के बारे में पिक्पिक् ने उनसे कहा, "बिल्कुल नया-नया है। ऐसा इनसान मैंने ज़िन्दगी में नहीं देखा, समझे, संजय?

संजय ने पूछा, "तुम कितने चेहरे बदलोगी सुचन्द्रा?"

"जितने दिनों तुम मेरे नहीं होते।"

"अभी भी क्या मैं तुम्हारा नहीं हूँ?"

"नहीं, इससे भी ज़्यादा करीब, और ज़्यादा गहराई से, समझे?"

"समझ गया।"

अगर इतना ही प्यार था, तो पिक्पिक् अंजन सोम को तलाक क्यों नहीं देती थी? संजय से शादी क्यों नहीं कर लेती थी? लेकिन, ये सब बातें संजय और पिक्पिक् न सोचते थे, न सोचना चाहते थे।

विजय क्या इतनी सारी बातें जानता था? उसमें क्या सोचने-समझने का बूता था? नहीं, वह इतना कुछ सोच-समझ नहीं सकता था। पिक्पिक् सोम का कूल-किनारा वह कैसे खोज पाता?

हमारे लिए सारी ख़बरें दिलीप ही लाता था। मैं सुन लेता था और

विजय की ख़बरें जानकर विभ्रान्त हो उठता था। लेकिन, अगले ही पल मुझे यह भी लगता था कि हम सब उसे दे भी क्या सकते थे? वहाँ तो विजय ने अपने लिए उपयुक्त परिसर, उपयुक्त परिवेश तो खोज लिया है।

यही सब सोच-सोचकर हम सब खुश होने की कोशिश करते थे।

पिक्पिक् सोम के कैमेक स्ट्रीट के मकान में जैसी शाम उतरती थी, विजय ने वैसी शामें कभी नहीं देखी थीं। इस बीच पिक्पिक् अपने पति के साथ एक बार चीन भी घूम आयी।

उसने विजय से कहा, "विजय, मुझे तस्वीरें देखना सिखाओ न! मुझे तो तस्वीरें देखना आती ही नहीं!"

विजय, पिक्पिक् सोम को साथ लेकर ऑक्सफोर्ड दुकान पहुँच गया। विदेशी चित्र-समालोचकों की उसने मोटी-मोटी किताबें खरीद डालीं। वे तमाम किताबें सोम परिवार का ड्राइवर उसके घर तक पहुँचा गया।

शाम के वक्त पिक्पिक् के मकान में जो सब चिराग़ जलते थे, उसकी रोशनी चेकोस्लोवाकिया के काँच के आधारों में इन्द्रधनुषी रंग बिखेरती रहती थी। उन कमरों में कदमों की आहटें कालीन में डूब जाती थीं। चीन की बेशकीमती प्यालियों में कॉफी आती थी। पिक्पिक् ने तस्वीरें रखने और देखने के बारे में एक कमरा बनवा लिया। उस कमरे में कोमल-मद्धिम रोशनी तले, काठ के स्टैण्ड पर किसी चीनी कलाकार की गर्दन मोड़ी हुई बनैले घोड़े की तस्वीर रखकर, विजय और पिक्पिक् गोद में हाथ समेटे बैठे रहते थे। उन दोनों को घेरे हुए चीनी धूप की खुशबू का धुआँ समूचे कमरे में फैला रहता था। तस्वीरें देखना जब पूरा हो जाता था, पिक्पिक्, विजय से और सटकर बैठ जाती थी।

उसने पूछा, "विजय, तुममें ऐसा क्या है? मुझे ऐसा क्यों लगता है?"

अपना एक हाथ विजय के गले में डालकर, उसके कन्धे पर सिर रखकर पिक्पिक् सोम एकदम से बैचेन हो उठती थी। छोटे-छोटे शब्दों में छोटी-छोटी बातें, मानो छोटे-छोटे मौसमी फूलों की तरह खिल उठते थे। उसकी उम्र तीस वर्ष की हो चुकी थी, तो भी क्या हुआ? मिसेज सोम ने अपनी जवान उम्र को मानो रोक रखा था। विजय के अनभ्यस्त खून में जाने कैसे तो नशे की झाँस छू जाती थी। उसकी गर्दन और कान गर्म हो उठते थे।

पिक्पिक् फुसफुसा उठती थी, "विजय, मैं तुम्हारे लिए हूँ। सिर्फ तुम्हारे ही लिए। मेहता को मैं डिनर पर बुला लेती हूँ। तुम कोई अख़बार निकालना चाहते हो ना? तुम उसके साथ मिलकर अख़बार निकालो। वह तुम्हें एडिटर-बोर्ड में शामिल कर लेगा।"

"मेहता के अख़बार में?"

"अगर मैं तुमसे यह कहूँ कि मेहता अपना वादा निभाएगा, विजय! अपने लिए मुझे थोड़ा-सा कुछ करने दो, विजय!"

विजय के प्राण ऐसी ही बातें तो सुनना चाहते थे। वाकई, यही सब तो सुनने लायक बातें थीं! कैसा तो विनीत, करुण, अनुनय, पिक्पिक् की आवाज़ में फूट उठा—विजय उसे इतना-सा करने दे। उसके लिए छह सौ रुपये का एक काम जुटाने का उसे मौका दे। वह सिर्फ विजय से इतना भर चाहती थी।

और इसके बदले में पिक्पिक् क्या चाहती थी? इस बारे में विजय को अब कोई सन्देह नहीं रहा। शाम ढलकर रात की ओर बढ़ रही थी।

विजय के कन्धे पर अपना चेहरा टिकाकर, पिक्पिक् कहती रही, "तुम अद्भुत हो, विजय! तुम मानो आग हो। तुम जैसा मैंने किसी को भी नहीं देखा।"

पिक्पिक् के मुँह से व्हिस्की की साफ-साफ गन्ध आ रही थी। इसके बावजूद सबकुछ मिलाकर, पिक्पिक् को बेहद भला-भला लग रहा था!

पिक्पिक् सोम के मकान में उस दिन मेहता की पार्टी थी।

मेहता से विजय का परिचय कराते हुए पिक्पिक् ने विजय से सिर्फ इतना ही कहा, "सोना बच्चे, तुम ज़रा उस आदमी को इम्प्रेस करने की कोशिश करो। वह आदमी रुपयों का मगरमच्छ है। बांग्लादेश का कल्चर उसे बेहद पसन्द है...बेहद प्रिय है। बंगाल की हर शै से उसे प्यार है।"

बांग्लादेश के बारे में मेहता का गहरा खिंचाव सिर्फ मुँहज़ुबानी जमाखर्च नहीं था। यह उसके खून की बत्तीसों नाड़ियों में बँधा हुआ था। बांग्लादेश के कोयले-खदान, चावल, पाट, चाय, ट्रान्सपोर्ट—सारा कुछ जितनी दूर तक सम्भव हुआ, उसने हथिया लिया था। विजय के बारे में उसे कोई दिलचस्पी नहीं थी। लेकिन, उस टाइपिस्ट लड़की को लेकर जो स्कैण्डल हो सकता

था, डॉक्टर सोम के नर्सिंग होम ने मेहता को उस कलंक से बचा लिया था। इसलिए सुचन्द्रा सोम की बात रखने के अलावा और कोई उपाय भी क्या था?

उसने विजय से कहा, "आप जैसे लड़के आ जाएँ, तब तो अख़बार की सूरत ही बदल जाए। आप आ जाएँ। मुझे बेहद खुशी होगी। मुझ गरीब का दफ्तर गवर्नमेण्ट प्लेस में स्थित है। एक दिन दफ्तर तो देख जाएँ—"

पार्टी काफी जम गयी। ऐन उसी समय किसी ने आकर पिक्पिक् के कानों में कुछ फुसफुसाकर कहा। पिक्पिक् विजय को बुलाकर बाहर ले आयी।

उसने कहा, "जाने कौन तो तुम्हें बुला रहा है। जाओ, देखो।"

सुजय और तपन उसे बुलाने आये थे। उसे खोज-खाजकर, उस घर ले जाने की ज़रूरत क्यों आ पड़ी? विजय को समझ में नहीं आया। तपन ने सुजय को कोई बात नहीं करने दी।

उसने कहा, "मौसा जी बेहद बीमार हैं। अभी घर चलो, विजयदा! मैं टैक्सी लेकर ही आया हूँ।"

टैक्सी में बैठकर विजय ने सुजय से कहा, "बीमार हैं? कितना बीमार हैं?"

जवाब देते हुए सुजय का चेहरा काँपने लगा। वह टूट-फूट गया। तपन चेहरा सख़्त बनाये, बाहर की तरफ देखता रहा।

उसी ने कहा, "कहाँ गये हो, हमें मालूम नहीं था। दो-तीन जगहों पर खोजने के बाद यहाँ का पता मिला। तुम कहाँ गये हो, घर में आगे से बताकर जाते तो..."

"तो क्या?"

"तो मौसा जी से भेंट हो जाती!"

"बप्पा से भेंट हो जाती? क्या मतलब?" विजय ने कहा, "क्या बक रहे हो, तपन? ठीक तरह कहो। बप्पा से भेंट हो जाती—इसका क्या मतलब है?"

तपन ने खिन्न-विषण्ण आँखों से विजय की तरफ देखा।

उसने कहा, "भई, तुम्हें कहाँ-कहाँ हमने नहीं खोजा। तुम कहाँ जाते हो, क्या करते हो, इन घरवालों को बरस भर से कोई खबर नहीं है।"

"लेकिन, बप्पा को क्या हुआ है? यह तो बताओ, तपन? सुजय तू कुछ बोल क्यों नहीं रहा है?"

सुजय अब रो पड़ा।

तपन ने कहा, "लो, अब तो आ पहुँचे। मौसा जी को कोरोनरी थ्रम्बोसिस का दौरा पड़ा था। कोई उपाय नहीं रह गया था।"

"कोई उपाय नहीं था?" विजय ने बेवकूफों की तरह सवाल किया। उसके बाद, किसी एक आशंका ने अरबी उपन्यास के उस घड़े के दैत्य की तरह, धुआँ-धुआँ बन गये मेघपुंज की तरह, विजय की बोध-शक्ति को ढँक लिया।

अब वह अपने बप्पा को देख नहीं पाएगा। उसका बप्पा, जिनके जैसा नगण्य, अकिंचन इनसान कोई नहीं था, जिनके साथ पिछले एक वर्ष से एक ही घर में रहते-सहते हुए भी विजय की कभी-कभार ही भेंट होती थी, उसी बप्पा को अब, वह देख नहीं पाएगा।

विजय जब टैक्सी से उतरा, हम सब सामने ही खड़े थे। कुमुद और बेला फर्श पर लोट-लोटकर रो रहे थे। मौसी पथरायी बैठी थी। गोपाल बाबू को तब तक बरामदे में निकाल लाया गया था। तपन विजय को घर के सामने उतारकर ही खाट और फूल लाने चला गया।

हम सभी बेहद खिन्न और असहाय महसूस कर रहे थे।

कोई एक सज्जन, शायद मुहल्ले के ही कोई पड़ोसी आगे बढ़ आये।

उन्होंने विजय से कहा, "इन्हें पकड़कर बैठे रहो। यह फर्ज तुम्हारा है।"

विमूढ़ विजय तत्काल बगल में बैठ गया। अपने पिता को उसने मानो वर्षों-वर्षों बाद, पहली बार गौर से देखा। शीर्ण, बुढ़ा गये कोई एक दुःखी इनसान! सहसा उसे ख़याल आया–अभी कुछ देर पहले भी जो इनसान सहज ही उपलब्ध था, अब वह उसे नहीं पा सकेगा, उससे कोई बात नहीं कर सकेगा, उसे आवाज़ देकर जगा नहीं सकेगा।

महीने की पहली तारीख थी। सुजय कस्टम में क्लर्क होकर किसी तरह जा घुसा था और उसने जोर-जबर्दस्ती अपने पिता का रात का ट्यूशन छुड़ा दिया था। अब, रात का ट्यूशन नहीं था, फिर भी गोपाल बाबू को घर लौटने में काफी रात हो जाती थी।

वे कहते थे, "पार्क में बैठा रहता हूँ! मुझे अच्छा लगता है।"

पहली तारीख को तनख्वाह लेकर निकलते समय ही उनका मन जाने कैसा तो हो आया।

दफ्तरी ने पूछा, "बाबू, क्या सिर चकरा रहा है?"

"हाँ, थोड़ा-थोड़ा!" यह कहकर वे बाहर निकल आये।

रास्ते में उनका जी जाने कैसा-कैसा तो होता रहा। तबीयत कहीं गड़बड़ लगी। उनकी सुँघनी की डिबिया हाथ से छिटक गयी। वे मेज की दराज में चाबी लगाना भूल गये। सड़क पर निकलकर उन्हें अहसास होता रहा कि पाँवों तले खाली-खाली लग रहा है। उन्होंने सोचा, किसी दुकान पर बैठकर, वे एकाध-मिठाई खाकर पानी पी लें। मुमकिन है, पेट खाली होने की वजह से उन्हें ऐसा लग रहा है। मिठाई खरीदते हुए, कुल एक अदद मीठा खरीदकर उन्हें अजीब लगा। उन्होंने सोचा—एक रुपये में आठ सन्देश मिठाई आती है। वे मिठाई खरीदकर घर ले जाएँ, वहीं खा लें। सुजय वगैरह भी खा लेंगे।

सन्देश का डिब्बा खरीदकर लौटते वक्त उन्हें अचानक लगा कि उनसे चला नहीं जा रहा है। वे पार्क में जाकर बैठ गये। पार्क में अँधेरा-उजाला। बेंच के दूसरे सिरे पर कोई और सज्जन भी बैठे हुए थे।

बैठ जाने के बाद भी गोपाल बाबू का मन जाने कैसा-कैसा तो होता रहा। उन्हें लगा, समूची देह के अन्दर जैसे सारा कुछ थमता जा रहा हो। अब, उनके पाँव नहीं चलेंगे; वे हाथ भी नहीं हिला पाएँगे; अब, उनसे साँस भी नहीं ली जाएगी। लेकिन, उनका ख़याल था कि ज़रा देर बैठते ही सब ठीक हो जाएगा। बैठे-बैठे, उन्हें धीरे-धीरे जरा राहत महसूस हुई। गोपाल बाबू ने सिर टिका दिया। अब जाकर, काफी आराम आ गया। उन्हें लगा कि इसी तरह वे ज़रा देर बैठे रहें, तो उन्हें अच्छा लगेगा। वे घर जा सकेंगे।

अचानक उन्हें लगा, पाँच बरस का कोई छोटा-सा बच्चा, उनका हाथ पकड़कर खींच रहा है! चेहरे पर हँसी का भाव! अरे, यह तो विजय की सूरत है! विजय के बचपन की सूरत! विजय उनसे क्या तो कह रहा था?

"बप्पा, तुम इतनी देर से क्यों आये? मुझे तकलीफ हो रही थी—"

गोपाल बाबू चकित हो उठे। उनके बेटे, विजय का तो लम्बा-चौड़ा चेहरा है! छब्बीस बरस का नौजवान! बाकायदा, पूरा-पूरा सज्जन इनसान! उनके जैसे अभागे पिता की सन्तान वह बिल्कुल नहीं लगता! विजय इतना नन्हा-सा कैसे हो गया? अच्छा, वे नहीं आते, तो क्या विजय को तकलीफ होती है? यह कौन-सा विजय है? यह वाकई उनका बेटा है या अँधेरे-उजाले की पहेली मात्र है?

गोपाल बाबू को अहसास हुआ कि वे किसी भीषण मुसीबत में पड़ गये

हैं। उनके मन में ऐसे बे-सिर-पैर के ख़याल आ रहे हैं? अब तो लग रहा था, अब, जबरन उठ खड़ा होना होगा। लेकिन तब तक समूची देह अवश हो आयी। उनके पाँव, उनके वश में नहीं रहे। काया ने मानो उठ खड़े होने से इनकार कर दिया हो। ज़ोर लगाकर उठने की कोशिश करते ही, सारा कुछ गोलमाल हो गया।

उनकी बगल में बैठे सज्जन यह सब देख रहे थे। गोपाल बाबू का सिर सिर्फ लटकता जा रहा था।

उन्होंने पूछा, "ओ महाशय, तबीयत खराब लग रही है?"

उन्हें कोई जवाब नहीं मिला। उन्होंने गोपाल बाबू के बदन पर हाथ रखते हुए दोबारा पूछने की कोशिश की। गोपाल बाबू कैसा तो लुढ़क गये। उन सज्जन को शक हुआ। दो-एक बार उन्हें झकझोरते ही और उन्हें आवाज़ देते ही, वे डर गये। सज्जन ने आस-पास के लोगों को आवाज़ देकर बुलाया।

लड़कों ने आसानी से पहचान लिया। वे सुजय-कुमुद के बप्पा थे!

उन लड़कों ने भी आवाज़ दी, "मौसा जी! ओ, मौसा जी, क्या हुआ? मौसा जी?"

गोपाल बाबू उन लोगों की बाँहों में और ज़्यादा लुढ़क आये। सन्देश का डिब्बा माटी पर गिर पड़ा और धूल-मिट्टी में मिलकर एकाकार हो गया।

हम लोगों ने सारा कुछ किया। मुहल्ले के सभी नौजवान छोकरे भी आ पहुँचे। सुजय जितनी बार टूट-टूटकर रोना चाहा, तपन ने उसे आनुषंगिक कामों के इन्तज़ाम में व्यस्त कर दिया।

लेकिन मौसी को रुलाई नहीं आयी। वे पति की बेजान देह की ओर नज़रें गड़ाये ख़ामोश बैठी रहीं। आँखें बिल्कुल सूनी। सामने कुछ भी नहीं था। इतनी सारी जो हलचल मची हुई थी; इतने सारे लोग चल-फिर रहे थे—उनकी आँखें मानो कुछ भी नहीं देख रही थीं।

अनादि ने मुझे बुलाकर पूछा, "मुहल्ले की कोई बुजुर्ग मालकिन वगैरह नहीं हैं? मौसी के पास किसी का होना ज़रूरी है? ऐसे में यूँ अकेले-अकेले होना क्या भली बात है? वे तो रो भी नहीं रही हैं—"

विजय को हमने साथ रखा। वह भी कम हतबुद्धि नहीं था। सारा कुछ उसके दिमाग़ में जैसे समा ही नहीं रहा था।

हम लोग जब गोपाल बाबू को कन्धा देकर श्मशान जाने को तैयार हो गये, तब मौसी एकाएक दीर्घ-तीव्र हाहाकार के साथ रो पड़ीं—"तुम मुझे छोड़कर अकेले-अकेले कहाँ जा रहे हो?" और मौसी बेहोश हो गयीं।

हम लोग तो वहीं मौजूद थे। खबर पाकर माधवी भी विजय के घर आ पहुँची। इससे पहले, वह विजय के यहाँ कभी नहीं आयी, इस घर में वह विजय के अलावा अन्य किसी को भी नहीं पहचानती थी—ऐसी सब छोटी-छोटी बातें माधवी ने याद ही नहीं रखीं। बड़ी बहन की तरह वह बेला को सान्त्वना देती रही। उसने शर्बत बनाकर विजय की माँ को पिलाया। उसी ने विजय की माँ से जबरन हविषान्न तैयार करवाया। नहा-धोकर, खुद ही उस कमरे में जाकर उसने सारे उपकरणों का इन्तजाम किया। सुजय वगैरह को बुला-बुलाकर उसने ज़ोर-ज़बर्दस्ती खाना खिलाया।

उसने विजय को समझाया, "जी कड़ा करो! हिम्मत बाँधो। अब तो तुम्हें सबकुछ देखना-सुनना है।"

विजय क्या उस वक्त भी नहीं समझ पाया? माधवी क्यों इस तरह चली आयी? क्यों उसके परिवार में मिलना-जुलना चाहती थी?—ये बातें क्या माधवी के चेहरे-मोहरे-आँखों और उसके हर बर्ताव में लिखा हुआ नहीं था?

गोपाल बाबू के श्राद्ध के दिन भी माधवी सुबह-सुबह वहाँ पहुँचकर कितने-कितने कामों में व्यस्त रही।

विजय की माँ माधवी को देखकर मुग्ध हो उठी। ऐसी सुघड़-लायक लड़की उनकी नज़रों से पहले नहीं गुज़री थी। कितनी खूबसूरत! विनीत बर्ताव! किस कदर सामनेवाले का चेहरा निहारते हुए, उसके मन के भाव समझने की कोशिश करती थी। माधवी विजय को प्यार करती है, यह समझने में भी माँ को बिल्कुल भी देर नहीं हुई।

उन्होंने बेला से कहा, "ऐसी कोई सुलक्षणी लड़की अगर मिल जाए, तो

मेरे घर-द्वार में मानो लक्ष्मी लौट आएँ! लेकिन, तेरा भाई क्या ऐसी लड़की की मर्यादा समझेगा?"

बेला ने कहा, "माँ, भइया माधवी को ज़रूर प्यार करता है, वर्ना माधवी'दी यूँ नहीं आ पाती।"

माधवी ने भी जैसे यह मान ही लिया था कि हालाँकि विजय ने उससे खास कुछ नहीं कहा, लेकिन इसके बाद, और कुछ कहने-सुनने की ज़रूरत नहीं पड़ेगी। उसे मानो अपने मन से ही कैसा तो प्रश्रय मिल गया था। ऐसा कोई प्रश्रय उसे कहाँ से और कैसे मिल गया, यह, वह नहीं बता सकती थी। उसके मन में धारणा बन गयी थी कि विजय सबकुछ समझ चुका है! सबकुछ जान चुका है। अब, जिस दिन वह कहेगी–"विजय, मैं चलती हूँ। अब तो मेरे आने या यहाँ रहने की ज़रूरत नहीं रही।" विजय छूटते ही बोल उठेगा–"कहाँ चलीं, माधवी? मुझे तुम्हारी सख़्त ज़रूरत है।"

माधवी ने तो यही सब सोच लिया था।

माधवी, अरुण–इन लोगों को देख-देखकर इसीलिए मेरे मन में यह धारणा घर कर गयी थी कि प्यार आमतौर पर इनसान को अन्धा कर देता है। वह आँखें खोल नहीं देता, बन्द कर देता है।

इतने दिनों विजय उसे नज़रअन्दाज़ करता रहा; उससे मिला नहीं, इतने दिनों की इतनी अवहेलना, माधवी को कुछ भी याद नहीं रहा। अशौच की वजह से चेहरे पर दाढ़ी उग आयी थी। खाली बदन पर चादर लपेटे हुए, कम्बल के आसन पर विजय बैठा हुआ! किसी तप-क्लिष्ट संन्यासी की तरह उसका चेहरा देखते ही, माधवी अपना तमाम दुःख भूल गयी और उसका मन प्यार-ममता से भर उठा। माधवी को विजय इतना सुदर्शन कभी नहीं लगा था।

इसके बावजूद विजय मानो कोई बात नहीं करना चाहता था। खैर, खुद कुछ न बोले, माधवी खुद ही बात कर लेगी। विजय से उसे कैसी शर्म? विजय इतना विराट, इतनी ऊँचाई पर था कि उसके सामने छोटा होने, भिखारिन बनकर अपना प्यार जाहिर करने में माधवी को तनिक भी लाज नहीं आएगी। विजय उसकी सारी हया-लाज ढँक देगा।

विजय के कुछ न कहने के बावजूद, माधवी मन ही मन विजय की तरफ से सवाल करती रही, खुद ही जवाब भी देती रही। इसी तरह उसने तय कर लिया कि वही विजय से सबकुछ कहेगी।

अरुण ने बताया कि माधवी मन ही मन इसी किस्म का फैसला कर बैठी है; वही विजय से बात कर लेगी—यह बात तो उसके चेहरे-मोहरे से ही साफ जाहिर था। अरुण को भी इन बातों का अन्दाज़ा हो गया था।

अरुण ने कहा, "गोपाल बाबू के श्राद्ध के दिन, माधवी को जब विजय के यहाँ देखा, मुझे जैसे तभी अन्दाज़ा हो गया था। मुझे भला अन्दाज़ा कैसे नहीं होता, बादल? बहुत-बहुत दिनों तक माधवी की सूरत निहारते हुए, उसके मन की बात जानने की कोशिश करने के अलावा, मैंने और कुछ भी नहीं किया था। मैं उसे समझ सकता था। जब मैं विजय के घर पहुँचा, माधवी ने मुझसे कहा, "अरुण, तुम लोग आ गये, विजय नहाने गया है। देखो न, उसके कपड़े लिए मैं खड़ी हूँ।" जैसे ही उसने इस अन्दाज़ में बात की, मेरा मन जाने कैसा तो हो गया। हाँ, बादल, मेरा मन हुआ कि उसे मना करूँ। उसे समझाऊँ कि ऐसा काम तुम मत करो, माधवी, तुम तकलीफ पाओगी।"

अरुण सिर्फ सोच-सोचकर ही शान्त नहीं हुआ।

उस दिन अपने प्रति माधवी का प्रतिकूल भाव जानते-बूझते हुए भी, घर लौटते हुए, रास्ते में उसने दोबारा बात छेड़ी थी, "माधवी, एक दिन तुमने मुझे अपनी बात पूरी नहीं करने दी थी, आज फिर वही बात कहता हूँ, माधवी! तुम मुझसे शादी करोगी, माधवी? मैं तुम्हें, तुम्हारे योग्य सम्मान देने की, जी-जान से कोशिश करूँगा।"

माधवी ने अरुण की तरफ देखा। उस दृष्टि में अनुराग या विराग कुछ भी नहीं था।

माधवी ने कहा, "अरुण, क्या तुम नहीं जानते कि मैं किसे प्यार करती हूँ? विजय तुम्हारा दोस्त है। इसके बाद भी तुम्हें ऐसी बात करनी चाहिए?"

"लेकिन, विजय तो तुम्हें प्यार नहीं करता, माधवी! विजय तुम्हें क्या, किसी को भी प्यार नहीं करता—" यह बात ज़ुबान तक आने के बावजूद, अरुण बोल नहीं पाया।

माधवी के दीप्त चेहरे की तरफ देखते हुए, अरुण यह भी नहीं कह

पाया—"माधवी, यह बात मैंने सिर्फ अपने लिए ही नहीं कही। विजय तुम्हारा भी दिल तोड़ देगा, मैं तुम्हें उस दर्द, उस दर्द से बचाना चहाता था। इसीलिए मैंने तुम्हें यह प्रस्ताव दिया था।"

माधवी अपने घर की राह चली गयी। उसे जाते हुए देखते-देखते अरुण को लगा मानो कई-कई युग की, कई-कई वर्षों की थकान ने अचानक उसे घेर लिया है। अपने को इतना थका-थका, इतना पराजित और अक्षम, उसने इससे पहले और बाद में कभी महसूस नहीं किया था।

माधवी खुद ही अपनी बात कहने के लिए विजय के पास गयी थी।

उस दिन क्या हुआ था, मैं तो जानता भी नहीं था। उस समय, मैं विजय के घर ही आया हुआ था। माधवी मेरे सामने से ही, मुझे अनदेखा करते हुए, किसी की भी ओर बिना देखे, वह सड़क तक पहुँच गयी। उसके गाल आँसुओं से तर थे। वह दौड़कर एक रिक्शे पर सवार हो गयी। मैंने सिर्फ इतना ही देखा था।

काफी दिनों बाद, बेला ने ही उस दिन का सारा अहवाल कह सुनाया।

उस दिन माधवी के लिए मुझे तकलीफ हुई थी। लेकिन, आज विजय के लिए दुःख होता है। विजय उस दिन अगर माधवी को न ठुकराता, तो उसका जीवन किसी और राह पर मुड़ चुका होता। मुमकिन है आज विजय के बारे में यूँ कहने-बताने की ज़रूरत ही नहीं पड़ती।

माधवी एक दिन उसके यहाँ सुबह-सुबह ही पहुँच गयी थी। सीढ़ियाँ चढ़ते-चढ़ते, उसने झुककर पूछा, "मौसी, विजय क्या घर पर है?"

"ऊपर है! तुम चली जाओ, बिटिया!"

विजय की माँ ने गौर किया कि माधवी आज बेहद खूबसूरत लग रही थी। हल्के पीले रंग की साड़ी, सफेद रंग का ब्लाउज! आज माधवी के कानों में हल्का-सा ज़ेवर भी झिलमिला रहा था, जूड़े में थोड़े-बहुत फूल भी नज़र आ रहे थे। औरत होकर, औरत के मन से ही वे समझ गयीं कि इसके पीछे कोई प्रत्याशा थी। इसीलिए माधवी आज बेहद खूबसूरत लग रही थी!

विजय बैठा-बैठा अपने नये अख़बार के लिए कुछ लिख रहा था।

माधवी को देखकर वह उसकी तरफ भौंहें सिकोड़े घूरता रहा। माधवी एक ओर बैठ गयी।

इधर-उधर की बातों के बाद, माधवी ने धीमी-धीमी आवाज़ में कहा, "विजय, अरुण मुझसे शादी करना चाहता है।"

"अच्छा?"

"विजय, तुम्हारे पास कुछ कहने को नहीं है? तुम कुछ बोल नहीं सकते?"

"मैं क्या बोलूँ, माधवी?"

माधवी ने अपने दाँतों से होठ दबा लिए। विजय हर बात मानो उसी की ज़ुबान से कहलाना चाहता हो! वह खुद कुछ भी नहीं कहना चाहता था! चलो, ठीक है, माधवी ही सारी बातें कह लेगी। विजय इस किस्म के धर-पकड़ से काफी ऊपर ही रहता था। माधवी ने इसी उद्धत निर्लिप्तता को ही तो प्यार किया था। इसीलिए माधवी, विजय की रूढ़-रूक्ष बातों को सुन-सुनकर भी अपमानित नहीं होती। ऐसी स्थिति में वह और अधिक निविड़ महसूस करती थी।

उसने कहा, "अभी मैंने अपनी सारी बात तो बतायी ही नहीं, विजय! मैं यह शादी नहीं करना चाहती। तुम तो जानते हो, मैं तुम्हारे लिए हूँ। तुमसे 'हाँ' सुनने का मैं जाने कब से इन्तज़ार कर रही हूँ।"

अपनी बात खत्म करते-करते, माधवी आवेग से काँप उठी। उसकी आँखें छलछला आयीं। मारे आवेग के उसने विजय का हाथ थाम लेना चाहा। उसकी हथेलियाँ पसीने से तर-ब-तर हो आयीं।

अब विजय ने माधवी को गौर से देखा। उसकी अन्तर्भेदी दृष्टि ने सर्चलाइट की तरह, तीखी रोशनी डालकर, माधवी के मन का पोर-पोर कुरेद डाला।

"विजय, कुछ कहो—" माधवी ने कहा।

विजय ने ज़ुबान खोली। धीरे-धीरे, नाप-नापकर, बिल्कुल सटीक शब्द चुन-चुनकर, उसने कहा—"तुमसे मेरा परिचय है। शायद औरों से कुछ ज़्यादा ही परिचय है। लेकिन इस वजह से, मेरे मन में तुम्हारे प्रति क्या विशेष आग्रह, कोई विशेष लगाव है? मैं यही सोच रहा था, माधवी। लेकिन, तुम्हारे प्रति मैं अपने मन में कोई आग्रह, कोई दिलचस्पी नहीं खोज पाया। तुममें मुझे कोई दिलचस्पी नहीं है। आइ एम सॉरी!"

"तुमने क्या कहा, विजय?"

माधवी को मानो विजय की कोई बात समझ में नहीं आयी।

विजय समझ गया कि उसकी बातों ने माधवी को भयंकर गहरी चोट पहुँचायी है। इस अहसास से वह विभ्रान्त हो आया।

उसने फिर कहा, "माधवी, सच ही मैं समझ नहीं पाया। अगर मैं समझ पाता, तो तुम्हें इस तरह की तकलीफ से बहुत पहले ही मुक्ति दे देता।"

"किस बात से, विजय?"

"ओफ ओ! इस तरह एक-दूसरे के प्रति ग़लतफहमी तो नहीं होती।"

"विजय, तुम कहना क्या चाहते हो?"

विजय ने अपना चेहरा सिगरेट के धुएँ में छिपा लिया।

थोड़ा ठहरकर उसने कहा, "अरुण मेरा दोस्त है, माधवी! और अरुण सचमुच बेहद शरीफ और भला लड़का है। मेरा ख़याल है, वह तुम्हें परेशान नहीं करेगा। मुझसे तुम क्या जवाब चाहती हो, मुझे नहीं पता। लेकिन, मैं? इससे ज़्यादा मैं और कुछ नहीं कह सकता, माधवी! मुझे तुम माफ कर दो, माधवी!"

इतना कहकर विजय के चेहरे पर मन्द-मन्द मुस्कान तैर गयी। वह मुस्कुराते हुए माधवी की तरफ देखता रहा। माधवी को हँसी नहीं आयी। रक्तशून्य चेहरा लिए उसने उठने की कोशिश की। बाहर निकलने के लिए वह टटोल-टटोलकर दरवाज़े की तरफ आगे बढ़ी।

इसके बावजूद विजय को मानो समझ में नहीं आया।

उसने अपनी बात जारी रखी, "तुम्हें तो मैं पिछले काफी अर्से से देख रहा हूँ, मुझे ऐसा कुछ नहीं लगा। मुझे ऐसा कभी नहीं लगा कि तुम... आज सिर्फ अचरज महसूस कर रहा हूँ। तुमसे क्या, मैं किसी से शादी करने के बारे में नहीं सोच सकता। तुम तो जानती हो, कितनी ऊँची-ऊँची महत्वाकांक्षाएँ हैं मेरी!"

"तुम्हारी महत्वाकांक्षाएँ आखिर कितनी ऊँची हैं। विजय, जो मैं वहाँ तक पहुँच नहीं सकती?"

"बात यह नहीं है, माधवी, तुम मुझे शर्मिन्दा कर रही हो। मैं तुम्हें कैसे समझाऊँ?"

"...कि तुम मुझे..."

"प्यार नहीं करता–"

"छोड़ो, विजय! तुम चुप करो।"

"लेकिन, माधवी, तुम जो दुःखी हो गयीं...।"

"तुम उस तरफ मत देखो, विजय! अब मैं किसी दिन भी तुम्हारे सामने नहीं आऊँगी–"

माधवी सिर्फ दरवाज़ा टटोलती रही। दीवारें खोजती रही। उसने दीवार थामकर खड़े होने की कोशिश की!

अब, जाकर माधवी बमुश्किल खड़ी हो पायी। आखिर उसे दरवाज़ा मिल ही गया! उसका चेहरा आँसुओं से भीग उठा। चरम अपमान से उसका चेहरा सियाह हो आया।

दरवाज़े से बाहर निकलते-निकलते माधवी ने सिर्फ इतना ही कहा, "भगवान करें, विजय, इसका प्रतिदान तुम्हें ज़रूर मिले!"

विजय इसका कोई मुँहतोड़ जवाब खोज पाये, इससे बहुत पहले ही माधवी दौड़कर बाहर निकल गयी।

विजय की माँ उसके लिए चाय-नाश्ता लेकर ऊपर आ रही थीं। उनको लगभग धक्का देकर, कभी रेलिंग, कभी दीवार थामकर, अन्धे की तरह लड़खड़ाते हुए, माधवी बाहर निकल गयी।

दीवार से पीठ टिकाकर, विजय की माँ ने अपने को किसी तरह बचाया? वर्ना वे गिर ही जातीं। उनकी हथेली थर-थर काँपने लगी। उनके लिए यह समझना बाकी नहीं रहा कि उनके बेटे ने जैसे एक दिन अपने पिता का दिल, भयानक उपेक्षा से तोड़ दिया था, आज इस लड़की का दिल भी उसी तरह तोड़ दिया है।

पाँच

मेहता के अख़बार में विजय शामिल ज़रूर हो गया, मगर यह मानो कुछ भी नहीं था। वह तो और अधिक उज्ज्वल भविष्य के सपने देख रहा था।

वह जो दफ्तर जाता था, वह थोड़ा-कुछ मेहता को ही खुश करने के लिए जाता था। असल में वह किसी भी बात में सीरियस नहीं था। वह अपने मन मुताबिक जाता था, अपनी मर्जी मुताबिक नागा मार देता था। आज स्थापत्य, कल मनोरंजन-तत्त्व, परसों दक्षिण की नृत्यकला, तरसों मैसूर में चन्दन के पेड़ क्यों लुप्त हो रहे हैं—इन सब विषयों पर बड़े-बड़े फुटनोट-से भरे लेख, अख़बार में छपवाता रहता था। विशेषज्ञ वर्ग प्रतिवाद-पत्र लिखकर, विजय से मुकाबला करना चाहते थे। जब कभी सम्पादक उसे तलब करता था, तो वह जाकर खूब बड़ी-बड़ी बातें सुना आता था।

शाम को उसने पिक्‌पिक्‌ से कहा, “पता है? शिक्षित लोग जब किसी अख़बार में घुस जाते हैं, तो पढ़ना-लिखना भूल जाते हैं।”

“बस, यह जो छह सौ रुपये मिलते हैं, बस, यही लाभ है।” पिक्‌पिक्‌ ने जवाब दिया।

विजय के रुपये, घर-गृहस्थी के काम नहीं आते थे। उन रुपयों से ऑक्सफोर्ड दुकान से ढेर-ढेर किताबें आती थीं।

बाज़ी मात करने के इरादे से, विजय ने न्यूक्लिअर फिजिक्स से जुड़ी किसी दुरूह समस्या का आविष्कार किया और उसकी मीमांसा के लिए खुद ही कोई ग्रन्थ लिखना शुरू कर दिया।

मेहता ने कहा, “मिसेज़ सोम, आपका यह विजय दास काफी नकचढ़ा है। सबके साथ ताल-मेल रखकर नहीं चल पाता।”

पिक्‌पिक्‌ ने हँसकर जवाब दिया, “उसे हर कोई नहीं समझ सकता। उसे समझ पाना भी परम सौभाग्य की बात है।”

‘सिलेक्ट’ की सन्ध्या-अधिवेशन में उन दिनों उसने अपनी नयी किताब के कुछेक अध्याय पढ़कर सुनाये। उस वक्त पिक्‌पिक्‌ सोम की एक बाँह उसके गले में लिपटी रही।

लतिका राय ने पूछा, “पिक्‌पिक्‌, तुमने क्या उस पर एकछत्र दखल जमा लिया है?”

पिक्‌पिक्‌ ने उठकर लतिका के कन्धे पर हाथ रखकर कहा, “डार्लिंग, तुम नहीं जानतीं। उस किस्म के इनसान से इश्क़ करना, बिल्कुल नया तजुर्बा है!”

“तो यह कहो न कि विजय दास की हालत खासी रंगीन है?”

"क्यों भई?"

"जब भी तुमने यह जुमला दोहराया है—यह बिल्कुल नया तजुर्बा है, तभी समझो, उसकी मीयाद ख़त्म! मैं देख तो चुकी हूँ!"

"तुम हद पाजी हो, डार्लिंग—" इतना कहकर पिक्पिक् वहाँ से चली गयी।

बिबूली, बूला, पिक्पिक् वगैरह के संग विजय का वक्त मानो पंख लगाकर भागने लगता था। किसी भी बात का ख़याल नहीं रहता था।

उसके परिवार, उसके स्तर के सभी यार-दोस्त, नाते-रिश्तेदारों से वह इतना विच्छिन्न हो चुका था कि किसी-किसी दिन ऐसा भी गुज़रता था, कि उसे किसी की भी याद नहीं आती थी।

माँ और दोनों भाई उसे कभी अपने बीच, किसी अपने की तरह भी पाएँगे, यह उम्मीद उन लोगों ने छोड़ दी थी।

इस तरह, अपना स्तर भूलकर, किसी और ही दुनिया में रहते-रहते, विजय अपनी दुनिया के लोगों का दुःख-दर्द अब, वह समझ ही नहीं पाता था। गद्देदार, गुदगुदी कुर्सी पर आसीन होकर वह अपने को असीम शक्तिशाली समझने लगा था। अब, इस एयरकण्डीशन कमरे का काँच का भारी दरवाज़ा धकियाकर अगर कोई इनसान अपने दुःख-कष्ट के आवेदन के साथ अन्दर घुसे, विजय मानो उसे पहचानता ही नहीं।

जैसा फिल्मों की उस एक्स्ट्रा लड़की के साथ हुआ।

दिलीप से एक परिचय-पत्र लेकर, एक बूढ़े सज्जन एक बच्ची-सी लड़की को लेकर उसके अख़बार के दफ्तर में आ पहुँचे और विजय से भेंट करने का इन्तजार करते रहे।

उन सज्जन ने कहा, "यह मेरी बेटी है। नाम है—कमलाबाला सरकार! अब तक दो-एक फिल्मों में भी अभिनय कर चुकी है। रोल मामूली-सा ही था। स्क्रीन पर एक-डेढ़ मिनट से ज़्यादा नहीं आयी। लेकिन अब डायरेक्टर लोग कमलाबाला को काम नहीं देना चाहते। दिलीप बाबू ने आपका नाम लिया। आप लोगों के अख़बार का काफी सुनाम भी है। आप अगर, उसकी एक तस्वीर के साथ दो-चार लाइन लिखकर छाप दें..."

उसकी बात सुनते-सुनते ही विजय ने फोन उठा लिया और कहा, "देखिये, अभी मैं व्यस्त हूँ। आप फिर कभी आएँ—"

"जी, ज़रूर! ज़रूर! लेकिन मैं काफी दूर गाँव में रहता हूँ, आप तो समझ सकते हैं, सुदूर नागेर बाज़ार से...बूढ़ा मानस ठहरा!"

विजय ने उस बूढ़े की पूरी बात सुनी भी नहीं। जिसकी बेटी फिल्मों में मिनट भर की एक्सट्रा थी, उन्हें तो शायद अब तक अवमानना का अभ्यस्त हो जाना चाहिए था, इसके बावजूद वे बूढ़े सज्जन आहत हुए। उनका शीर्ण चेहरा जाने कैसा तो हो आया। वे उठ खड़े हुए! सस्ती-सी ब्लाउज, सस्ती-सी साड़ी पहने, वह छोटी-ठिगनी लड़की, अपने बाप को लेकर बाहर निकल गयी।

वह लड़की दोबारा लौट आयी। इस बार वह अपने पिता को साथ नहीं लायी। इस बार वह अपनी तस्वीरें लेकर लौटी थी। एक तस्वीर में किसी विवाह में शंख बजाते हुए, झुण्ड भर लड़कियों के साथ नज़र आ रही थी। दूसरी तस्वीर में वह लक्ष्मी-जनार्दन की मूर्ति को चँवर डुला रही थी। वह विजय के सामने वे तस्वीरें बिछाये बैठी रही।

विजय ने पूछा, "सुचरिता कौन है?"

लड़की ने लजाकर जवाब दिया, "यह मेरा ही नाम है। कमलाबाला खास अच्छा नाम नहीं है, इसलिए, डायरेक्टर ने ही मेरा नाम बदल दिया।"

"ओ! हाँ, तो मैं आपके लिए क्या कर सकता हूँ?"

लड़की एकदम से सकपका गयी।

उसने अपनी साड़ी के आँचल का कोना लपेटते-मरोड़ते हुए कहा, "जी, हम काफी तकलीफ में हैं! डायरेक्टर कुल दस-पन्द्रह रुपये टिका देते हैं। उसमें से कुछ रुपये मोहनवंशी को भी देना पड़ता है। हमारे हाथ में कुछ भी नहीं बचता।"

"यह मोहनवंशी कौन है?"

एक्सट्रा लड़कियों के जीवन में मोहनवंशी ही सर्वस्व होता है। मेडन और पारसी थियेटर के ज़माने में सखी-दल रिक्रूट करके, उन लोगों को सिखाने-पढ़ाने का श्रीगणेश किया गया। कंचुकी की तरफ उँगलियों से इशारा करके, सखी-दल थियेटरों के दर्शकों का मन लुभाती थीं।

दर्शक अगर खुश होते थे, तो थियेटर टूटने के बाद, घोड़ा गाड़ी किराये पर लेकर, इन सखियों को साथ लेकर कुंज में जाते थे। थियेटर में दस-पन्द्रह रुपये पाने का नुकसान इस तरह भरपाई हो जाता था।

मोहनवंशी लोग दूसरों के सहारे ज़िन्दा रहते थे। उस ज़माने में मोहनवंशी लोग बाबू लोगों के चुनाव में सखियों का चुनाव करने में मदद करते थे और महीने के अन्त में पाँच-दस रुपये कमीशन वसूल करते थे।

वैसे अब, वह ज़माना नहीं रहा। आजकल के मोहनवंशी इसी तरह कॉलोनी से या यहाँ-वहाँ से गरीब लड़कियाँ जुटा लाते हैं। किसी एक स्टूडियो में विवाह के सीन में शंख बजाने के बाद ही, उन्हें बैलगाड़ी में हँकाकर किसी अन्य स्टूडियो ले जाते हैं, वहाँ वे लोग किसी पौराणिक फिल्म में कृष्ण के सामने गोपी सजती हैं। उसके बाद, आधी रात को कहीं और ले जाकर, अन्य किसी फिल्म में विधवा नौकरानी सजाकर बाबू के सामने इन लोगों के हाथ में फलों की थाली पकड़ा देते हैं। इन लड़कियों के लिए, न दिन-रात है, न स्नान-आहार और न ही इनके रूप-यौवन की स्वीकृति। जो मोहनवंशी इस तरह दाल-भात, राशन-पानी और आवारा छोकरों के साथ फिल्मों का खर्चा-पानी जुटा देते हैं, उन्हें खुश रखना तो ज़रूरी होता है न!

कमलाबाला ने कहा, "बड़े दुःख-कष्ट में दिन गुजरते हैं। चांस नहीं मिलता! चार-पाँच दिनों के लिए कोई छोटा-मोटा रोल भी नहीं मिलता। अब गुज़ारा कैसे हो, भला बताएँ? हर दिन निर्वाह हो सकता है?"

"तो, मुझे क्या करना होगा?"

"आप शिक्षित मानस हैं। विद्वान आदमी! अगर आप मेरे बारे में सुन्दर ढंग से अख़बारों में लिख दें और मेरी तस्वीर छाप दें, तो जरा सहूलियत हो जाए!"

"ठीक है! फोटो रख जाएँ! कभी बाद में आइयेगा।"

कमलाबाला फिर आयी। फिर-फिर आयी। रात-रात भर स्टूडियो के फ्लोर पर मच्छरों का दंश सहते-सहते, घर लौटते हुए टैक्सी में मोहनवंशी की कदर्य कामनाओं के अत्याचार से आँसू बहाते-बहाते, उसके बहुत बाद वहाँ जाकर बैठी रहती मानो थकान के मारे वह बेजान हो गयी हो। गद्देदार कुर्सी पर जो भगवान बैठा रहता था, वह उसे प्रसन्न नहीं कर पाती थी।

किसी और को धर-पकड़कर, उसी के साथ की एक्सट्रा लड़कियों ने अपनी तस्वीर छपवा भी ली, अपने-अपने नाम दो-चार कलम लिखवा भी लिया। उन लोगों को यह मौका मिल भी गया। कमलाबाला का कुछ नहीं हुआ।

विजय ने ही एक दिन उससे कहा, "तुम रोज़-रोज़ यहाँ आकर मुझे क्यों तंग करती हो, बोलो तो? यह अख़बार का दफ्तर है, किसी स्टूडियो का फ्लोर नहीं। ऐसी हुलिया और ऐसी पोशाक में यहाँ अब मत आना।"

उस दिन कमला एकदम से टूट गयी। वह विजय के घुटने पकड़कर रो पड़ी।

"मुझ पर दया करें! आपको मुझ पर दया नहीं आती? आप दो लाइन लिख दें, एक फोटू छाप दें, इसी उम्मीद में जाने कब से आपके पास चक्कर लगाते हुए मर रही हूँ।"

"सम्भव नहीं है! तुम जाओ! मुझे और भी काम हैं।"

रो-धोकर, बेहद फूहड़-सा काण्ड मचाकर, कमलाबाला चली गयी।

जाते-जाते वह कह गयी, "आप लोग पढ़े-लिखे, विद्वान लोग हैं। आप लोग ऐसे होते हैं? गरीबों का क्या कोई नहीं होता?"

मेहता ने पूरे मामले को किसी और ढंग से लिया।

उसने कहा, "इन लोगों के साथ आप शराफत का बर्ताव क्यों नहीं कर पाते? वह लड़की बार-बार इस ऑफिस में क्यों आती थी? दफ्तर में इस किस्म का शोरगुल-हंगामा कोई अच्छी बात नहीं है।"

विजय उनसे बहस में उलझ गया।

सम्पादक ने भी कहा, "तीन महीने पहले ही, आप उस बेचारी लड़की को मृगेन बाबू के पास भेज सकते थे, विजय बाबू! फिल्म या स्टेज से जुड़े राइट-अप तो वे ही लिखते हैं।"

विजय ने अपने को अपमानित महसूस किया। जिसे अपमानित होने की आदत न हो, उसके लिए इस किस्म की बातचीत हजम करना बेहद मुश्किल होता है। वह नौकरी छोड़ रहा है, इस आशय का पत्र लिखकर, वह मेहता की मेज़ पर रखकर, दफ्तर से बाहर निकल पड़ा।

सिलेक्ट क्लब के लोगों ने कहा, "इस अख़बार में वक्त बर्बाद करने की तुम्हें ज़रूरत क्या है, विजय? तुम अपनी किताबें लिखते रहो! छपवाने का जिम्मा हमारा!"

पिक्पिक् सोम ने कहा, "मैं बेहद-बे-हद खुश हूँ, विजय! मुझे कितना असहनीय लगता था, वहाँ तुम...उस परिवेश में...!"

विजय का मन जैसे भर उठा।

"सुनो, तुम्हारे अलावा मुझे और कोई नहीं समझता, समझीं?"

विजय की उदासीनता क्या सिर्फ बाहरी लोगों के प्रति ही थी? यह निष्ठुर विराग? घरवालों के साथ उसका एक दुर्लंघ्य विच्छेद हो चुका था। अब, वे लोग बिल्कुल अलग दुनिया में निवास करते थे।

कुमुद दिन-रात नौकरी की तलाश में भटक रहा था।

एक दिन उसने विजय से कहा भी, "भाई, संजय सोम इतनी बड़ी कम्पनी का डिरेक्टर है। वे लोग स्टेनो लेनेवाले हैं। मैंने भी वहाँ दरखास्त दिया है। अगर तुम जरा कह दो, भाई, तो मुमकिन है, वह नौकरी मुझे मिल जाए, वर्ना वे लोग मुझ जैसे नौसिखुआ के दरखास्त पर नज़र ही नहीं डालेंगे।

"स्टेनो की नौकरी?" विजय बोल उठा, "तनख्वाह कितनी-सी होगी भला? डेढ़ सौ या दो सौ? उस अदना-सी नौकरी के लिए मैं कहने जाऊँ? न्ना, मुझसे यह नहीं होगा।"

इसके बाद कुमुद ने दोबारा नहीं कहा। मैं सामने ही बैठा था। विजय का यह बर्ताव देखकर, मैं शर्म से गड़ गया।

मैंने भी पूछा, "विजय, कुमुद की नौकरी के लिए, अगर तुम ज़रा कह दो और उसे यह नौकरी मिल जाए, तो भी तुम नहीं कह सकते?"

"तुम नहीं समझोगे बादल! अपने भाई के पक्ष में महज़ स्टेनो की नौकरी के लिए कहना—इससे मेरी इज्जत पर बट्टा लगेगा। नहीं, मुझसे यह किसी हाल भी नहीं होगा। तुम समझ नहीं रहे हो, उनलोगों के घर में मेरी क्या पोजीशन है। वह पोजीशन कहाँ से कहाँ उतर जाएगी, सोच सकते हो?"

मैं उस निहायत अजनबी-अपरिचित इनसान को बस, देखता रहा।

मैंने कहा, "उन लोगों की और तुम्हारी स्थिति में कितना फर्क है, क्या वे लोग नहीं जानते?"

मेरे इस सवाल के जवाब में विजय ने बेतरह झेंप महसूस की।

उसने कहा, "स्थिति भले बराबर न हो, लेकिन ऐसी हालत है कि मेरा अपना भाई, उनके यहाँ स्टेनो की नौकरी माँगे,—यह बात वे लोग नहीं जानते। तुम समझ नहीं रहे हो, बादल!"

मैंने इसके आगे कुछ नहीं कहा।

नीचे उतरकर मैंने कुमुद से कहा, “मैं दिलीप के जरिये कहलाऊँगा संजय सोम को! तुम अपने दरखास्त की एक प्रति मुझे दे दो।”

मैं दो पल कुमुद की माँ के पास भी बैठा रहा। मौसी तेल की कुप्पी जलाकर, खाना पका रही थीं। बेला मसाला पीस रही थी। मौसी की ज़ुबान की मानो सारी बातें ख़त्म हो चुकी थीं। बेला का रंग कभी गोरा हुआ करता था। नहीं, इतना गोरा-चिट्टा तो नहीं था। यह समझने में ज़रा भी देर नहीं लगी कि बेला का रंग फीका पड़ता जा रहा था।

भोर से रात तक यह गृहस्थी अब वही चलाती थी। मैंने सुना कि काम करते-करते मौसी जी की छाती में फिर दर्द रहने लगा था। अब वे कामकाज नहीं कर पाती थीं। बेला को अपने क्लास टेन भर की शिक्षा के बल-बूते पर, सुबह के वक्त किसी डेयरी फार्म में दूध का हिसाब-किताब रखने का काम मिल गया था। इससे कोई बड़ी नौकरी उसे नहीं मिल पायी! वह भी गृहस्थी के लिए पच्चीस रुपये ले आती थी!

मेरे पास भी कहने को कुछ नहीं होता था। कोई गूँगा दुःख और विजय के प्रति कोई अकारण आक्रोश, मेरी आवाज़ दबोच लेता था।

मौसी ने कड़ाही चढ़ाकर, फोड़न डालते-डालते कहा, “बादल, तुम लोग तो बच्चे, मेरे बेटे से भी बढ़कर हो। मेरे बेटे से तो यह काम होनेवाला नहीं। तुमसे ही कहती हूँ, बेला के लिए कोई लड़का देख दोगे?”

“देखूँगा, मौसी जी!” इतना कहकर मैं उठ गया।

वहाँ से निकलकर मैं अरुण के यहाँ चला आया! चूँकि मेरा मन उत्तप्त था, इसलिए मैं बहुत कुछ बोलता रहा।

मैंने कहा, “अगर मेरी औकात होती, तो मैं ही उस लड़की से शादी कर लेता। मौसी जी निश्चिन्त हो पातीं।”

अरुण ख़ामोश सुनता रहा।

उसने सिर्फ इतना ही कहा, “वाकई, वह परिवार बड़ी तकलीफ में है। मैं किसी लायक नहीं हूँ, बादल, कुछ कर नहीं सकता, इसलिए झूठमूठ वहाँ जाना अच्छा नहीं लगता।”

“यह कमबख्त विजय, ऐसा क्यों होता जा रहा है?”

अरुण ख़ामोश हो रहा।

थोड़ा ठहरकर उसने कहा, "ऐसा होता नहीं जा रहा है, वह हमेशा से ही ऐसा था। हमें ही समझने में भूल हो गयी।"

माधवी का ज़िक्र न उसने छेड़ा, न मैंने!

इधर बहुत जल्दी ही माधवी का विवाह होनेवाला था। लड़का उसके पिता ने ही देख-सुनकर तय किया था। यह भी सुनने में आया कि माधवी ने उस लड़के से मिलने से भी मना कर दिया।

माधवी ने अपने घरवालों से कहा, "तुम लोग जो करोगे, मैं मान लूँगी। मुझे तुम लोगों का हर फैसला कबूल होगा। मुझे अलग से कुछ नहीं कहना है।"

हम लोगों से तो नहीं, स्वाति ने तपन को बताया था। स्वाति, माधवी की कैसी तो बहन होती थी। स्वाति ने ही बताया कि माधवी ने कहा है—"मैं अपने बारे में अब नहीं सोचूँगी। मुझे काफी सबक मिल चुका है।"

स्वाति से सारी खबर पाकर, तपन ने आकर बातचीत के दौरान यह बात अरुण को बतायी। जिस लड़के से माधवी का विवाह हो रहा था, वे साहब अच्छी नौकरी में थे! थोड़ी उम्र ज़रूर हो गयी थी, मगर आम इनसान थे। यह भी सुनने में आया कि माधवी ने उम्र के बारे में सुनकर कहा, "यही अच्छा है। व्यक्ति की पूजा का चाव मेरे दिल से मिट चुका है।"

अरुण ने माधवी का प्रसंग नहीं उठाया।

उसने सिर्फ इतना ही कहा, "तपन से कहूँगा, अब बेला के लिए ज़रा कोई लड़का खोजे। उसकी तो काफी जान-पहचान है।"

तपन उस दिन घर पर ही था। मैंने भी तपन से बात की।

तपन छूटते ही बोल उठा, "ज़रूर! ज़रूर! तुम लोगों को परेशान होने की अब, ज़रूरत नहीं।"

बहरहाल, हर किसी की परेशानी अपने सिर लेकर, निश्चिन्त कर देने का बूता तपन में ही था। आजकल वह बिजली के साज-सरंजाम की दुकान खोलने के चक्कर में घूम रहा था। उस वक्त वह किसी टूटे रेडियो के तार जोड़कर कुछ देर कोई प्रोग्राम सुनता रहा।

थोड़ा ठहरकर उसने कहा, "तुम सब इतने सारे लड़के आखिर कर क्या रहे हो? तुममें से कोई शादी नहीं कर सकता? या तुम लोग भी विजयदा बनोगे? सच्ची, बिरादर, तुम लोगों का सारा ग्रुप ही जो-सो है! होपलेस!"

बहरहल ये सारी खबरें विजय की दुनिया तक नहीं पहुँचती थीं! सोम परिवार के बगीचे में रंगीन छतरी तले बैठे-बैठे, वह सफेद खरगोशों को काजू-बादाम खिलाता रहता था।

उसने पिक्पिक् से कहा, "मध्यवित्त इन परिवारों की आशा-आकांक्षाओं की परिधि किस कदर छोटी है, तुम सोच भी नहीं सकतीं। ऐसा लगता है कि इन लोगों की आकुलता की तुलना, कीट-पतंगों से की जा सकती है। मसलन, देखो, उन लोगों को शायद यही उम्मीद है कि मैं नौकरी करूँगा। नौकरी करके उन लोगों को खिलाऊँगा। मैं दस से पाँच बजे की नौकरी करूँ, तुम सोच सकती हो?"

यह सुनकर पिक्पिक् सोम की बड़ी-बड़ी आँखें मानो बेहोश होने लगीं। उसकी आँखें फैली की फैली रह गयीं।

विजय ने कहा, "सबसे बड़ी ट्रैजडी क्या है, मालूम? मुझे कोई नहीं समझता। बिल्कुल किसी उदासीन, निर्लिप्त परिवेश में रहना, कितना दुःखद, कितना अफसोसनाक है, मैं तुम्हें कहकर नहीं बता सकता।"

"तुम यह सब सोच-सोचकर परेशान न हो, विजय! तुम अपनी किताब के बारे में सोचो–"

पिक्पिक् सोम जब, जिसे छोड़ देती थी तो छोड़ने से पहले के पलों में उसके प्रति ज़्यादा हमदर्द हो उठती थी, विजय यह नहीं जानता था।

विजय दास की न्युक्लिअर फिजिक्स पर लिखी गयी वह दुरूह रिसर्च-ग्रन्थ, सिलेक्ट क्लब ने आखिरकार चन्दा वसूलकर छपा ही डाली। यह नज़र आया कि शिक्षा और संस्कृति और उसके समाधान के बारे में एकमात्र 'सिलेक्ट' क्लब ही सोचती थी। इन लोगों के अलावा और कोई यह सब विषय नहीं समझता। अन्य किसी में इतनी समझ नहीं है। पिक्पिक् के दुलारे गुड्डे, विजय दास के पक्ष से शानू सोहन और बबलू गांगुली ने विलायती पब्लिशर को झूठमूठ ही अनुरोध करके, बेइज़्ज़त हुए। ऑक्सफोर्ड या मैकमिलन किसी हाल भी इस किस्म की किताब छापने की अहमियत समझने को तैयार नहीं हुए।

पिक्पिक् ने विजय को भी 'ग्रैण्ड एक्ज़िट' यानी दल से निकालने के लिए ही यह नाटकीय आयोजन किया है, विजय को अन्दाज़ा नहीं था।

पिक्पिक् की ही कोशिशों से बबलू गांगुली ने कागज जुटा दिया। सेइन लोगों की प्रेस में किताब छप गयी। बूला राय के मित्र, एक अंग्रेज सज्जन ने ले-आउट तैयार कर दिया।

किताब जब प्रकाशित हो गयी, तो पिक्पिक् सोम अख़बारों के कार्यालयों में यह किताब बाँटने के लिए अपनी गाड़ी में घूमती फिरी। 'सिलेक्ट' क्लब के लोगों को भी अन्दाज़ा हो गया कि अब इस अन्धकाराच्छन्न देश की मूर्ख जनता को पता चलेगा। देशवासियों की मन-प्राणभरी श्रद्धांजलि विजय दास के कदमों में उड़ेल दी जाएगी।

कार्यतः ऐसा नहीं हुआ। बड़े जतन से गोली दागी गयी थी, लेकिन जाने कैसे तो निशाना चूक गया। समालोचना का जिम्मा वैज्ञानिकों पर डाला गया था। उन लोगों ने अपनी पैनी कलम से लिखा—"संस्कृति की दुनिया में महासंकट उपस्थित हुआ है। ऐसा काण्ड तो कहानी-उपन्यासों की दुनिया में भी नहीं देखा गया। विज्ञान विषय पर लेखक अगर कोई उद्भट उपन्यास भी लिखते, तो पाठक उन्हें माफ कर पाते या नहीं, इसमें शक है। ऐसा लगा कि जिनको फिजिक्स के बारे में प्राथमिक ज्ञान और जानकारी नहीं है, उन्होंने आइन्स्टाइन के अलिखित अध्याय लिखने का दुस्साहस किया है। जहाँ तक हमारा तजुर्बा है, इस किस्म की स्वच्छन्द मनमानी कहीं नज़र नहीं आयी है। इस देश में क्या सभी कुछ सम्भव है? सच्ची, विजय दास, कैसा अजीब है यह देश!"

बहरहाल प्रशंसक मण्डली ने समालोचकों की यह आलोचना फूँक में उड़ा दी। उस काँच-घर में एक विराट पार्टी आयोजित करके विजय का अभिनन्दन किया गया। मिसेज सेइन के उस मशहूर चेकोस्लोवाकियन काँच के गमले में असली स्कॉच उड़ेलकर, चाँदी के हैण्डवाले छोटे-छोटे मग रखे गये। उस पार्टी में जितना खर्च हुआ, उस में तो विजय को बिठाकर उस तरह की और भी पाँच किताबें लिखायी जा सकती थीं।

उपन्यास के अन्त में एक करुण उपसंहार!

उस किताब की पूरी पाँच सौ प्रतियाँ ही, पिक्पिक् सोम का वर्दीधारी ड्राइवर, विजय के घर पहुँच गया। किताबों के साथ मुहरबन्द एक नीला लिफ़ाफ़ा भी था।

पिक्पिक् ने लिखा था कि उसका मन-मिज़ाज ठीक नहीं है। वह बबलू

गांगुली के साथ डी वी सी जा रही है। विजय तकलीफ न करे। समय-सुविधा मिलते ही, वह खुद ही उससे भेंट करेगी।

छह

वह हार गया, इस वजह से विजय ने हार स्वीकार नहीं की। पिकृपिक् सोम के बाद रंगमंच पर बूला राय ने प्रवेश किया।

बूला राय को दुःख बेहद प्रिय था। बचपन में तो बूला राय को दुःख इस हद तक प्रिय था कि उसे सभी बातों में दुःख होता था। घर में मुर्गी काटी जाएगी, इसकी जानकारी मिलते ही, मुर्गी देखते ही उसे रुलाई आने लगती थी। रिक्शेवालों को देखकर उसे दुःख होता था, इसलिए उसने किसी रिक्शेवाले को पाँच रुपयों का नोट थमाकर, उसे फजीहत में डाल दिया था।

क्लास में 'टॉम काका की कुटिया' पढ़कर, इवान्जेलिन की मौत के दुःख में, वह तीन दिनों तक रोती रही थी और उसकी तस्वीर देखकर, चेहरे पर बाल झुलाकर, हाथ में गुलाब का फूल लेकर वह छत पर आसमान की ओर देखती रही और उसने अपने को इवान्जेलिन मान लेने की कोशिश की थी।

कभी उसने अपने किसी दरिद्र सहपाठिन से कहा था, "तुम तो, भइये, फ्री स्टूडेण्ट हो! तुम तो गरीब हो। मुझे अपनी फूँस की झोंपड़ी में ले चलोगी?"

उसकी यह बात सुनकर उसकी सहपाठिन कतई खुश नहीं हुई। उसे लगा, बूला ने जानबूझकर उसका अपमान किया है।

इसी तरह़ स्कूल में एक दिन उसने 'दरिद्रता' पर एक निबन्ध लिखा था। निबन्ध में उसने लिखा—"हम सब बड़े गरीब हैं। हमारा ड्राइवर, माली, बावर्ची, सभी बेहद गरीब हैं। हमारे डैडी का कुत्ता और मेरी गवर्नेस—हम सभी गरीब हैं।"

वह निबन्ध पढ़कर, ऊँचा जूड़ा बाँधनेवाली, बँगला टीचर ने मन्तव्य लिखा—"खाली दिमाग़ शैतान का कारखाना होता है। जिसको कोई काम नहीं होता, उसी के दिमाग़ में ऐसी विकट-विकट कल्पनाएँ आती हैं। और कुछ करने को न हो, तो मोजा या मफलर बुना करो।"

लेकिन जिसे ट्रैजेडी प्रिय हो, उसे हराना क्या बँगला टीचर के बूते

की बात थी? बूला रूखे बालों का ढीलाढाला जूड़ा बाँधती थी, चुन-चुनकर छोकरे प्रोफेसरों से प्रेम करती थी। बदसूरत सहपाठी या बूढ़े ट्यूटरों से इश्क़ करती थी। वह छलछलायी आँखों से उनका हाथ थामे बैठी रहती या जब-तब उन्हें रुपये उधार दे डालती थी। वह किसी टूटे-फूटे घर में, मैले बिस्तर पर सोती है, किसी गरीब क्लर्क की गृहस्थी चलाती है, इस कल्पना से उसके तन-बदन में रोमांच जाग उठा था। जब उसके विवाह का ज़िक्र छिड़ा, तो उसने अपने डैडी से साफ कह दिया—"मैं किसी भीषण गरीब से शादी करना चाहती हूँ!

लेकिन अफसोस! सपनों का महल शायद इसी तरह चूर-चूर हो जाता है। अजय राय हमेशा ही उसके इस उद्‌भट शौक का मज़ाक़ ही उड़ाता रहा। लेकिन, वह उसे दारिद्र्य नहीं दे पाया। हर महीने वह पाँच हज़ार रुपये कमाता था और शेयर के डिविडेण्ड से जो रोजगार होता था, वह अलग से! गाड़ी, मकान, फ्रिज, भक्त-सुदर्शन पति, स्वस्थ-सुन्दर दो-दो सन्तानें—बूला को दुःखी होने का सौभाग्य प्राप्त नहीं हुआ।

अब, काफी अर्से बाद, विजय की किताब का चक्कर देखकर, पिकूपिक् का रूढ़ बर्ताव देखकर, बूला को लगा कि इतने दिनों बाद उसे दुःख का मनलायक साथी मिला।

उसने विजय से कहा, "मेरा विश्वास है कि तुममें एक आग है। वह आग किसी न किसी दिन ज़रूर धधक उठेगी। तुम नया कुछ शुरू करो, विजय!"

उसी ने सलाह दी, "तुम म्यूजिक पर काम करो।"

अजय राय तीन महीनों के लिए विलायत चला गया। बूला उसे प्लेन में चढ़ाकर, विजय के कन्धे पर सिर रखकर रोती रही। अपने घर लौटकर वह विजय को ऊपर के कमरे में ले आयी। डोडा को आया के जिम्मे सौंपकर वे दोनों सिर्फ दुःख की बातें कहते-सुनते रहते थे। बूला को कितनी-कितनी तरह का दुःख है, सुन-सुनकर विजय चकित था।

बूला की जब शादी हुई थी, उसने अपनी स्टडी के लिए सियामीज बेंत का सेट खरीदना चाहा था। लेकिन, उसकी बात समझे बिना ही अजय राय मलक्का बेंत के सामान खरीद लाया। वह दुःख आज तक नहीं भूल पायी थी वह!

बैरकपुर में गंगा-धार पर बूला माटी की एक कुटिया बनाना चाहती

थी। उसकी चाल पर वह लौकी की लतर लगाना चाहती थी। कुटिया के आँगन में काली गाय बँधी रहती। कोई सन्थाली लड़की बालों में पियाल फूल खोंसकर, कुटिया में कामकाज करती। वह आइडिया, रवीन्द्रनाथ की 'महुआ' कविता पढ़कर, उसके दिमाग़ में आया था।

अजय ने उसका शौक नहीं समझा और वह एक बँगला खरीद बैठा। उस पर से वह बँगला उसने किसी चटकल के बड़े साहब को किराये पर दे दिया।

वह दुख भी बूला आज तक नहीं भूल पायी।

विजय की ज़ुबानी उसने सुना कि विजय का परिवार, बन्धु-बान्धव, समाज-संसार किस हद तक नासमझ है। विजय को अपनी बात इतनी खूबसूरत और आकर्षक ढंग से कहनी आती थी कि उसकी बातें बूला को लगा कि इतने पुंजीभूत दुःख की कथा, उसने पहले कभी नहीं सुनी। "उफ! कितना दुःख! कैसी ट्रैजेडी है!" बूला बार-बार कहती रही। असल में, ट्रैजेडी और दुःख के बारे में उसे खास जानकारी नहीं थी। इसके बावजूद, दुःख-प्रेमी बूला राय को लगा, जैसा कि कवि ने कहा है–"तृप्त होगी एक प्रेम में, जीवन के सर्वप्रेम की प्यास!" इसी तरह बूला राय के मन में दुःख के आस्वादन का जितना चाव था, जबकि निष्ठुर भाग्य ने उसे इससे वंचित रखा था, वे तमाम दुःख, वह विजय को प्यार करके, विजय के प्यार में ही पा लेगी।

इसलिए बूला राय विजय को अपने से लिपटा-लिपटाकर प्यार करती थी। डोडा और लूलू को आया के पास छोड़ देती थी और खुद दूसरी मंज़िल के कमरे में विजय की बाँहों में बँधी-बँधी सिर्फ दुःख की बातें किया करती थी। वह और विजय, अजय राय की कीमती कार में, समूचा कलकत्ता घूम-घूमकर दुःख की रसद खोजते फिरते थे। स्विनवर्न की कविताएँ पढ़ते थे।

बूला विजय से बार-बार ज़ोर देकर कहती थी, "लिखो! लिखो! म्यूजिक पर लिखो। पता नहीं, विजय, हम सब कितने दिनों ज़िन्दा रहेंगे!"

बूला के रेडियोग्राम पर तमाम करुण संगीत की मूर्छना गूँजती रहती थी। विजय और बूला हाथों में हाथ डाले, सोफे पर बैठे-बैठे, वे सब संगीत सुना करते थे।

अरुण इन दिनों बेला के विवाह की खोज-खबर लेकर विजय के घर आने-जाने

लगा था। उस दिन ऊपर के कमरे में बत्ती जलते देखकर वह समझ गया कि विजय घर पर ही है!

नीचे मौसी नज़र नहीं आयी, इसलिए उसने ऊपर जाने को कदम बढ़ाया। वह दबे पाँव सीढ़ियाँ चढ़ने लगा।

बेला ने उसे आवाज़ दी, "अरुणदा, मेरी एक बात सुनते जाएँ।"

अरुण ठिठक गया। रुपये-पैसों को लेकर, बेला के लिए आया हुआ आखिरी रिश्ता भी टूट गया था। बेला यह बात जानती थी। एक अनूढ़ा, कुँवारी लड़की विवाह के लिए शायद अरुण की तरफ ही आस लगाये हुए थी, उसके सामने खड़े होने में अरुण को संकोच हो आया। बेला उसके करीब आ गयी। बरामदे में कोई बत्ती नहीं थी, फिर भी कमरे से आती हुई रोशनी में बेला का चेहरा-मोहरा-आँखें स्पष्ट नज़र आ रही थीं। करुण, अनुनयभरी आँखें! किसी लड़की का हसीन, दुःखी-दुःखी चेहरा!

बेला ने कहा, "मेरी शादी के लिए आप इतनी तकलीफ न उठाएँ, अरुण'दा! आपलोग झूठमूठ ही कोशिशें किये जा रहे हैं। मुझे बेहद बुरा लगता है।"

अरुण के कुछ कहने से पहले ही बेला वहाँ से चली गयी। अरुण ऊपर चला गया। उसने देखा विजय संगीत विषय पर कोई भारी-भरकम किताब पढ़ रहा था। अरुण को देखकर, विजय मानो बेचैन हो उठा। उसकी आँखों में बेतरह बेचैनी, उँगलियाँ अशान्त! विजय का चेहरा जाने कैसा तो अजीब नज़र आया।

अरुण ने ही बातों की पहल की, "विजय, इस वक्त, तुम घर में?"

"पढ़ रहा हूँ—"

"कौन-सी किताब है, रे?"

उसके चारों तरफ म्यूजिक पर तरह-तरह की किताबें बिखरी हुईं!

विजय ने कहा, "चाइकोवस्की को सुनेगा?"

विजय ने टेप-रिकॉर्डर ऑन कर दिया। वायलिन पर सुर बज उठा।

अरुण ने कहा, "तू वाद्य सुन रहा है? कमाल है!"

"क्यों? कमाल क्यों?"

"वाद्य सुनते कभी देखा नहीं न!"

"अरे, वाह! म्यूजिक पर किताब जो लिख रहा हूँ।"

"म्यूजिक पर?"

"भारतीय संगीत की उत्पत्ति के बारे में!"

"विजय, गाना-बजाना किसी दिन भी तेरा विषय नहीं रहा। इस बारे में बच्चों का खेल जैसा बचपना मत कर!"

"गाना गाने की बात कौन करता है? तानपूरा पकड़कर लड़कियाना अन्दाज़ में लोगों का मन मोह लेने जैसा गाना गाने की महत्वाकांक्षा मुझमें कभी नहीं थी। मैं तो गानों की उत्पत्ति की बात कर रहा हूँ। आर्य-अनार्य सभ्यता का मेल और अरब-पारसी प्रभाव—! मेरा ख़याल है कि इस नज़रिये से ख़ास कोई काम नहीं हुआ है!"

"विजय, हमारे देश में इस विषय पर संस्कृत-हिन्दी-बँगला-मराठी में कम से कम पाँच सौ किताबें मौजूद हैं और पश्चिम के अनगिनत विशेषज्ञ-पण्डित इस विषय पर काम कर रहे हैं।"

विजय का हाथ एकदम से बेचैन हो उठा। वह अपने बालों में उँगलियाँ फेरने लगा।

उसने कहा, "और-और लोगों में कौन क्या कर रहा है, मुझे यह जानने में कोई दिलचस्पी नहीं। मैं जो करूँगा, वह बिल्कुल नया नज़रिया होगा।"

अरुण ने धीरे से कहा, "लेकिन कौन, क्या कर रहा है, यह पिछली-पुरानी बात जाने बिना, तुम नयी बात कैसे लिखोगे, विजय?"

"मैं लिखूँगा! तुम लोगों को दिखा दूँगा। इस बीच ब्रिटिश काउंसिल का स्कॉलरशिप अगर मिल जाए, तो मैं सीधे विलायत चल दूँगा। पढ़ने-लिखने की जितनी सुविधा, उन लोगों के देश में है, हमारे देश में वैसी सुविधा है क्या?"

अरुण ने इससे आगे और कोई बात नहीं की। वह उठ खड़ा हुआ। जब वह सीढ़ियों से उतरकर नीचे आया, तो एक बार रसोईघर की ओर नज़र डाली। उसने यह पता लगाने की कोशिश की कि मौसी वहाँ हैं या नहीं। रसोई में बेला बैठी हुई थी। चूल्हे पर जाने क्या उबल रहा था, बेला की नज़रें उसी तरफ गड़ी हुई थीं। गालों पर बहते हुए आँसू सूख चुके थे। अरुण कुछ देर खड़ा-खड़ा देखता रहा। उसके बाद, वह खड़ा-खड़ा कब तक उसे देखता रहा, उसे बिल्कुल होश नहीं रहा।

वह सिर्फ देखता रहा। बेला की नज़रें चूल्हे पर ही गड़ी हुई थीं। आँखों से उमड़कर, आँसू दोबारा गालों तक बह आये। बेला ने आँखें पोंछीं। उसके बाद हाथ धोकर दोबारा खाना पकाने में जुट गयी।

अरुण दबे पाँव बाहर निकल गया।

उसी रात अरुण मेरे घर आ पहुँचा।

"आज की रात मैं तेरे पास रहूँगा, बादल!" अरुण ने कहा।

अरुण जब भी कुछ कहना चाहता था, इसी तरह मेरे पास आ जाता था। उस रात भी अरुण मेरे पास बैठा रहा। उसने सिगरेट सुलगा ली, उँगलियों में सिगरेट जलती रही। कभी-कभी एकाध कश भी ले लेता था। वह आरामकुर्सी से पीठ टिकाये बैठा रहा।

इसी तरह जब काफी रात गुज़र गयी, जब रात का हिसाब खो गया, जब निस्तब्ध शहर के घर-मकान भुतहे अँधेरे-उजाले में डूब गया, तब अरुण ने ज़ुबान खोली, "बादल, तुझे एक काम करना होगा। कल तुझे मेरे साथ विजय के घर चलना होगा।"

"क्यों, अरुण?"

"मौसी से मैं कहूँ, इसके बजाय अगर तू कहे तो भला होगा। मैं बेला से शादी करूँगा।"

"बेला से?"

"हाँ, बादल!"

अरुण को ज़्यादा बातें करनी नहीं आती थीं।

थोड़ा ठहरकर उसने अगला जुमला जोड़ा, "मैं उसे सुखी करने की कोशिश करूँगा।"

ऐसा था, मेरा दोस्त—अरुण मजुमदार! मैंने जीवन में ढेरों ब्रिलिएण्ट लड़के देखे थे, काफी सारी प्रतिभाएँ भी देखी थीं। लेकिन असाधारण व्यक्तित्व के मुकाबले इस किस्म का साधारण होना कितनी बड़ी बात होती है, यह मैंने मानो अरुण को देखकर ही सीखा था। ऐसा ही था, उसका स्वभाव। जब, जो भी करना होता था, वह धीरे से, ख़ामोशी से, अपना ज़रा भी प्रचार किये बिना, वह काम वह कर गुज़रता था।

मैंने अरुण को बार-बार धन्यवाद दिया।

बेला मेरी बहन नहीं थी, लेकिन विजय की बहन, बेला के प्रति मानो मेरी भी जिम्मेदारी थी। मैं ठहरा कायर इनसान! वह जिम्मेदारी मैं क़बूल नहीं कर पाया। हम सबकी तरफ से अरुण ने ही यह काम कर डाला। उसने ज़्यादा बातें नहीं कीं, लेकिन मैं सेण्टिमेण्टल हो आया। मेरी उच्छ्वसित कृतज्ञता मानो भाषा नहीं खोज पायी।

बेला के बड़े भाई होने के नाते, विजय के पास ही मैं और दिलीप प्रस्ताव लेकर पहुँचे।

विजय खुश हो गया। वैसे रुपये-पैसों का जुगाड़ करना या अन्यान्य कोई मदद उसके बूते की बात नहीं थी। लेकिन वह ढेरों रुपये खर्च करके गुच्छा भर रिकॉर्ड ज़रूर खरीद लाया।

दूल्हा-दुलहन के सम्मान में बाहर किसी होटल में एक रिसेप्शन देने का भी उसका इरादा था। लेकिन अन्त तक यह सम्भव नहीं हुआ।

लेकिन विजय को याद करते हुए, आज ख़याल आता है कि विवाह की रात विजय सच ही बेहद खुश था। अरुण के प्रति थोड़ा-बहुत कृतज्ञ भी हुआ था। उसी रात, काफी लम्बे अर्से बाद, हम सबने विजय को पुराने विजय के रूप में पाया था। यहाँ तक कि विजय ने यह मज़ाक़ भी किया, "वाह, अरुण, वाह! आखिरकार 'साला' बुलाने का रिश्ता जोड़ ही लिया? कौन जानता था कि तुम्हारे मन में यह था?"

अरुण मन्द-मन्द मुस्कराता रहा और अगले ही पल वह गम्भीर भी हो आया।

उसने एकान्त में मुझसे कहा, "बादल, मैं उसे सुखी कर पाऊँगा न?"

"बे-श-क!" मैंने उसे आश्वस्त किया।

यह बात दिलीप ने भी चोरी-चोरी सुन ली और वह चीख उठा, "अबे, तो पहले क्यों नहीं सोचा? अब तो देर हो गयी।"

हमारा तजुर्बा कहता था, अरुण के साथ बेला का विवाह, बेहद शुभ काम हुआ। प्रणव, दिलीप–सभी उस विवाह में खड़े हो गये। हम सबने मिलकर खरीदारी कर डाली। हम सब बाराती बनकर दूल्हे को ले आये और दुल्हन पक्ष की तरफ से घराती बनकर, दुलहन का पाटा थामकर, उसे सात फेरे भी दिलाये। तपन ने अपने चेलों के साथ भोज-भात, खिलाने-पिलाने

का जिम्मा सम्हाल लिया। विजय की माँ या बेला के मन को रत्ती भर भी आघात न लगे, उन लोगों को ऐसा बिल्कुल न लगे कि यह काम महज़ दया या मेहरबानीवश किया गया है। इस बारे में अरुण किस कदर सतर्क था।

उसने बार-बार कहा, "मैं बेला के लायक नहीं हूँ, मौसी जी, फिर भी मैं कोशिश करूँगा कि वह सुखी रहे।"

हम सब ऐसा सुन्दर विवाह भी शायद कभी नहीं देख पाएँगे। न कोई आयोजन, न आडम्बर! यहाँ सामर्थ्य की बात भी बिल्कुल तुच्छ थी! सच थे दुल्हा-दुलहन! नज़राने के रूप में वह जो उपहार लाया था, वह था उसके मन-प्राण की कृतज्ञता! उस इनसान को सुखी करने की प्राणवन्त प्रतिज्ञा! और अरुण ने माधवी को जो दिया था, अपना युवा प्रेम, प्रथम उन्मेष का पराग-रँगा फूल—यह बात अरुण के मन से बिसर चुकी थी। बेला को वह सादर, सम्मानसहित अपने घर ले आया। दोनों जन को जीवन में ढेर-ढेर दुःख-दर्द मिला था, दोनों ने ही ज़िन्दगी को पहचाना था—। सबकुछ जान-सुनकर, वे दोनों प्राणी ही सुखी होने और सुखी करने को कृतसंकल्प हुए!

"मेरा हृदय तुम्हारा हो।"—यह मन्त्र, ऐसे सुयोग्य कण्ठ से, पहले कभी उच्चारित होते हुए हमने नहीं सुना था।

सात

बूला राय का वह ट्रैजेडी आस्वादन का शौक और विजय के संगीत रिसर्च की परिसमाप्ति एक ही साथ, एक ही समय में हुई। एक को छोड़कर, दूसरा न पकड़े, तो विजय जी नहीं पाता। गाना छोड़कर, साहित्य का धैया छूने के बाद, विजय ने पता नहीं कब तो तस्वीरें आँकना शुरू कर दिया। मैंने भी सुना कि आजकल विजय चित्र आँकने लगा है।

उसके बाद भी दिन गुज़रते रहे।

हम सब नौकरी लेकर, शादी-ब्याह करके दुनियादारी में व्यस्त हो गये। कौन, किसकी खोज-ख़बर रखता? हाँ, विजय की खबरें कभी-कभार सुनाई दे जाती थीं। लेकिन जैसी ख़बर मैं सुनना चाहता था, वैसी कभी नहीं सुनी।

उसका नाम जाने कैसे तो अनेक लोगों में रुलमिल गया। ऐसा कैसे हुआ, क्यों हुआ, यह जानने का मेरा मन नहीं हुआ। मैंने सुना कि विजय लाहा की दुकान से रंग-तूलि खरीदता था। अब, वह आर्टिस्ट हाउस किराये पर लेकर, प्रदर्शनी लगाने के बारे में भी सोच रहा था। मैंने यह भी सुना कि आजकल वह पार्क स्ट्रीट के किसी चीनी की दुकान पर या गड़ियाहाट की क्वालिटी में पार्वती मुखर्जी और सौरीन सेन लोगों के अड्डे में बैठता था। प्रचलित जुमले में इसी को कहते हैं—सींग तोड़कर बछड़ों के दल में जा मिलना।

उन्हीं दिनों, एक दिन प्रतीप दत्त से भेंट हो गयी। प्रतीप दत्त किसी बहुत बड़े विज्ञापन फर्म में डायरेक्टर बन गया था।

मुझसे भेंट होते ही प्रतीप दत्त ने मुझे कसकर जकड़ लिया।

उसने कहा, "आप लोगों के उस जीनियस विजय दास को लेकर मैं महा-मुश्किल में पड़ गया हूँ। विजय दास की माँ, रिश्ते में मेरी बुआ होती हैं। इसके अलावा, जानते हो, हज़ार हो, वे लोग गुरुजन हैं। अगर एक अनुरोध करें, तो मैं अपेक्षा नहीं कर सकता। जाने कितनी बार वे मेरे घर का चक्कर लगाती रहीं और आग्रह करती रहीं कि मैं विजय को कोई नौकरी दे दूँ! मुझे उनका आग्रह याद रहा और बिबूली यानी अंजना ने भी कहा, इसलिए मैंने उसे एकाउण्ट एक्जिक्यूटिव की नौकरी दे दी। अच्छा काम था! आप नहीं जानते कि इन सब कामों के लिए बड़े-बड़े नामों की लाइन लग जाती है।"

नहीं, मैं नहीं जानता था। मुझे अपनी अज्ञता क़बूल करनी ही पड़ी।

प्रतीप दत्त ने बताया, "ख़ैर, वह सुदिन भी आ पहुँचा। लेकिन, इधर सात दिनों से वह आया ही नहीं। जनाब ने लिख भेजा है—अगर काम कराना है, तो उसकी शर्त मुताबिक काम करने देना होगा और वह जो मेरा दाहिना हाथ है, चन्द्रस्वामी। वह उसे तलब करे, बुला भेजे, यह नहीं चलेगा। उससे बात करने के लिए चन्द्रस्वामी को उसकी मेज़ तक आना होगा। वह अपने को समझता क्या है, बता सकते हैं? यहाँ चन्द्रस्वामी को तनख्वाह मिलता है, पन्द्रह सौ रुपये वह तीन सौ रुपल्ली का नौकरिया। चन्द्रस्वामी को कितना-कितना तजुर्बा है! वह लड़का यह सब सोचता है भला? वह सम्मान चाहता है। अरे, भई सम्मान तो सभी पाना चाहते हैं! इन सरकारी बैरों को ही लो। ये लोग भी काफी हो-हल्ला मचाते हैं कि उन लोगों को

भी 'गवर्नमेण्ट सर्वेण्ट' बुलाना होगा। असल बात क्या है, मालूम? ये सब बोगस लोग हैं। इन लोगों को इल्म नहीं है।"

प्रतीप दत्त पर मुझे अक्षय क्रोध हो आया। उसका मोटा-मुटल्ला, चौकोर चेहरा देखकर मुझे यह सोच-सोचकर गुस्सा चढ़ गया कि विजय चाहे जैसा भी हो, उसकी आलोचना करनेवाला वह कौन होता है? मुझे विजय पर भी गुस्सा आया। उस पर गुस्सा क्यों आया, यह मैं क्या बताऊँ?

शुरू-शुरू में मुझे वक्त नहीं मिला। आखिरकार एक दिन मैंने जाना तय कर लिया।

विजय का हाल-समाचार मुझे अरुण से ही मिलता था। इन दिनों अरुण को दिल्ली अकादमी में एक नौकरी मिल गयी थी। वह भी दिल्ली चला गया था।

विजय की माँ के बारे में सोच-सोचकर तकलीफ होती थी। फिर भी बेला थी न। कभी-कभी वही उनके पास आ बैठती थी। कभी-कभी उनके पास आकर रह भी जाती थी। बेला के चले जाने से, अब, वे बेहद अकेली हो आयी थीं।

बहरहाल एक दिन फुर्सत निकालकर मैं चला ही आया।

विजय के घर का चेहरा-मोहरा और मलिन हो आया था। दीवारों पर काई जम चुकी थी। आँगन की टाली जगह-जगह से उखड़-पुखड़ गयी थी। नीचे के कमरे में गोपाल बाबू की तस्वीर में दीमक लगकर, कट-फटकर, ब्रिटिश द्वीपसमूह के आकार का होकर फ्रेम के अन्दर झूल रहा था।

सुजय और कुमुद घर में नज़र नहीं आये। वे दोनों भाई न जाने कैसे तो गोपाल बाबू की तरह घर-गृहस्थी चलाने का कायदा सीख गये थे। वे दोनों ट्यूशन करते थे, दफ्तर भी जाते थे। ज़ुबान बन्द किये, बाज़ार-हाट करते थे। गोपाल बाबू की तरह कहीं उन दोनों का मन भी पार्क में जाकर बैठने का तो नहीं करता? खैर, उसकी जानकारी मुझे नहीं मिली।

इसके बावजूद मुझे जाने क्यों तो लगा कि सुबह ट्यूशन, दोपहर को दफ्तर, रात को फिर ट्यूशन करते-करते, सुजय और कुमुद का भी किसी दिन सीधे घर लौटने का मन नहीं करेगा। उन्हें भी पार्क में बैठे रहने का शौक लग जाएगा। अँधेरे का सर्द स्वाद लेते हुए, उन दोनों के मन में भी अपने

को ढीला छोड़ देने का मन होगा। मुझे जाने क्यों तो लगा कि वे दोनों भी गोपाल बाबू की तरह होते जा रहे हैं। इतनी कम उम्र में ही!

मौसी जी रसोई में बैठी-बैठी चावल पछोर रही थीं। विजय का नाम लेते ही, उनके मुँह से एक अभिशाप निकला।

उन्होंने कहा, "तुम लोग उसका नाम मेरे सामने कभी मत लेना! समझे? खबरदार, मेरे सामने जो उसका नाम लिया।"

विजय का कमरा देखकर, मैं बातचीत कैसे शुरू करूँ, मैं यही नहीं सोच पा रहा था। समूचे कमरे के फर्श पर सिगरेट के टुकड़े बिखरे पड़े थे। चाय की प्यालियों में पतली मलाई जमी हुई। ईजेल पर पर्दा पड़ा हुआ। असमाप्त-अर्धसमाप्त तस्वीरें दीवारों से टिकाकर रखे हुए थे। प्लेट में थक्के-थक्के रंग। तूलियाँ फर्श पर लुढ़की पड़ी थीं।

विजय की आँखों की दृष्टि भी जाने कैसी तो लगी। अजब अप्रकृतिस्थ! उसका वह सुदर्शन चेहरा, घुँघराले रूखे बाल और जबड़ों की दृढ़ भंगिमा, सभी कुछ जस की तस थी, लेकिन इन सबको भी दबाकर, जाने कैसी तो छाया झलकती हुई।

स्वभाव ज्यों का त्यों था। बातचीत में पुराने विजय को पहचान लेने में देर नहीं लगी। लेकिन, उसके चेहरे में जाने कैसा तो बदलाव नज़र आया। बाहर के क्लान्त रूप ने उसके पुराने दिनों की आश्चर्यजनक उज्ज्वलता को निष्प्रभ कर दिया था।

विजय पीठ टिकाये, आँखें मूँदकर बैठा रहा। उसके बाद धाराप्रवाह अपने बारे में बोलता रहा।

वह बताता रहा कि भारत के लोकशिल्प में 'मुर्गे की कलंगी प्रिण्ट' की इतनी भरमार क्यों है, इस बारे में उसने जो लेख लिखा था, फ्रांस के एक अख़बार में उसकी तारीफ छपी है। उसकी पेण्टिंग्स के बारे में किसने, क्या कहा, किस आलोचक ने क्या लिखा, किसके मन्तव्य का कितना मोल है—यही सब बातें!

विजय की आवाज़ भी कितनी टूटी-टूटी और दबी-दबी लग रही थी। यह सरासर सम्भव भी था। मैं सुन चुका था कि बीच-बीच में विजय बेहिसाब शराब पीता था।

विजय की बातें, उस बिखरे-बिखरे कमरे में मानो खदेड़े जाकर अस्त-व्यस्त ढंग से उड़ती फिर रही थीं! वे सारी बातें मानो अन्धे पंछियों के झुण्ड हों। ईजल, किताबें, तानपूरा, टेप-रिकॉर्डर वगैरह से भरे कमरे में, मानो उन बातों को बैठने की कहीं जगह नहीं मिल रही हो। कम से कम मुझे ऐसा ही लगा। वे सब दिशाहारा बातें थपेड़े मार-मारकर मुझे विपर्यस्त कर गयीं। मैं हाँफ उठा।

मैंने पूछा, "यार-दोस्तों की कोई ख़बर रखता है, विजय?"

"ना–"

"प्रणव याद है तुझे?"

"हाँ! क्यों?"

"लन्दन में प्रणव ने डॉक्टरेड की डिग्री हासिल की है। अख़बारों में उसकी काफी तारीफ हुई है। तूने नहीं देखा?"

विजय अवाक् नज़रों से देखता रहा।

मैंने कहा, "चल, और किसी की ख़बर नहीं रखता, न सही, अपने बहनोई की तो खबर होगी तुझे?"

"हाँ, उसकी ख़बर मालूम है। कुमुद ने बताया था।"

"अरुण का तो अब काफी नाम-डाक है। सच्ची, उसका परिचय देते हुए गर्व महसूस होता है। अरे, हाँ, याद आया, अनादि..."

"अब अनादि ने क्या कर डाला?"

विजय की आवाज़ बेसब्र हो उठी। हाथों की उँगलियाँ बेचैनी से हवा में नाचने लगीं। लेकिन मैं जैसे जानकर भी अनजान बन गया; देखकर भी अनदेखा करने का बहाना बनाया।

मैंने कहा, "अनादि के बारे में न जानना, तुम्हारी भूल है, विजय! अनादि दक्षिण भारत के किसी आर्ट स्कूल में प्रिंसिपल बनकर जा रहा है। उस जैसे कम उम्र नौजवान का ऐसी ऊँची नौकरी पाना आसान बात नहीं है। विजय! उसकी बनायी हुई तीन-तीन पेण्टिंग दिल्ली ने अपनी गैलरी के लिए खरीदी हैं। क्यों, इस बार सरकार की तरफ से उसने कैसा कमाल का कैलेण्डर तैयार किया है। तूने नहीं देखा?"

विजय की आवाज़ जाने कैसी तो हो आयी।

उसने मेरे चेहरे पर नज़रें गड़ाकर पूछा, “ये अनादि पेण्टिंग करता था न?”

“एइ, सुन, हम सब मिलकर अनादि का अभिनन्दन कर रहे हैं। कहाँ, पता है? तुमलोगों के उसी ‘सिलेक्ट’ में! अरे, वही काँच-घर में, याद है न?”

“वहाँ?”

“अरे, वाह! दिलीप ने उसी घर की बेटी, रंजना से जो शादी की है। अरे, अपना दिलीप! सारा इन्तजाम दिलीप ने ही किया है। क्यों, तू अनादि के बारे में कोई ख़बर नहीं रखता?”

“ना—”

“क्यों? अख़बार नहीं पढ़ता?”

“कौन शिक्षित..पढ़ा-लिखा अख़बार पढ़ता है, बता?”

मैं हँस पड़ा। विजय भड़क गया। उसकी लम्बी-लम्बी खूबसूरत उँगलियाँ बेचैनी से और अधिक बेचैन हो उठीं।

मैंने कहा, “तुम चाहे जो कहो, विजय, हम सबमें तुम ही सबसे ज़्यादा गुणी थे। अनादि, अरुण, प्रणव, दिलीप—तुमने इन लोगों की कितनी उपेक्षा की है। अब, देखो, प्रमाण मिल गया न?”

“क्या प्रमाणित हुआ?” विजय चीख उठा।

विजय उठकर, सीधा तनकर बैठ गया। माथे पर झूलती हुई लटों के गुच्छे, उसने झटककर पीछे कर दिया। मारे क्रोध और क्षोभ से उसकी आँखें किसी अस्वाभाविक दीप्ति से जल उठीं। उसकी दोनों हथेलियाँ अस्थिर और बेचैन हो उठीं। उसकी उँगलियों ने अक्षम क्रोध से कुर्सी का हैण्डल कसकर थामे रखा। वे उँगलियाँ मानो रक्तशून्य हो आयीं, इतनी ज़ोर से उसने मेरी हथेली कसकर पकड़ ली!

“प्रमाणित हो गया? यह तुम क्या कह रहे हो? बादल?”

लेकिन मुझ पर जाने कैसी तो निष्ठुर-अबूझ ज़िद सवार हो गयी। मुझसे और कुछ सोचा न गया।

मैंने कहा, “साबित हो गया कि सिर्फ प्रतिभा होने से ही कुछ नहीं होता। उस प्रतिभा का उपयोग भी करना पड़ता है।”

“फालतू आँय-बाँय मत बको, बादल! तुम जानते क्या हो? जानते हो, इट इज़ ए प्रिविलेज टु बी बॉर्न ए जीनियस! जीनियस होना किस्मत की

बात है। और बेवकूफों के बीच जीना एक अभिशाप है। मेरी ट्रैजेडी तुम क्या समझोगे? जो लोग मीडियोकर होते हैं, वे इस किस्म की तकलीफ उठाएँ। देखो, पत्थर का घड़ा घिसने का उद्धरण देखकर बोपदेव हुआ जा सकता है, व्याकरण लिखा जा सकता है, लेकिन दान्ते या शेक्सपियर नहीं हुआ जा सकता। दिलीप, अनादि और ऐसे ही नौकरीलोभी लोगों की तरह भला मैं क्यों तकलीफ उठाने जाऊँ?"

उस वक्त मुझे थम जाना चाहिए था। लेकिन मैंने मानो समझकर भी नहीं समझा। असल में, मैं समझना चाहता ही नहीं था।

मैंने कहा, "तुम कुछ करो, विजय! प्रतिभा का लक्षण यह नहीं है कि तुम कमरे में बैठकर, बिना कुछ करे-धरे, तुम सबके ऊपर बने रहोगे और तुम्हें किसी ने समझा नहीं, यह कहकर देश के लोगों को बेवकूफ कहोगे।"

"कौन हैं ये देश के लोग? तुम लोग ही न? मुझे तुम लोगों की प्रशंसा या स्वीकृति नहीं चाहिए। अरे, जाकर पैरिस के व्यशूनें से पूछो, जर्मनी के कार्ल मान् से—वे लोग जानते हैं कि विजय दास क्या है? क्यों? मैंने तुम्हें लन्दन हेराल्ड की वह कटिंग नहीं दिखाई थी? वे सारी कटिंग्स गयीं कहाँ?"

विजय क्या पागल हो गया है? बातें करते हुए वह अपने हाथों से, सामने की तरफ धकेलता क्या रहता है? मानो अपने चेहरे-मोहरे से लहरें हटा रहा हो और वह इतना चीख-चीखकर क्यों बोलता है?

आज तो खैर, जानता हूँ, लेकिन उन दिनों क्या मुझे रत्तीभर भी यह अन्दाज़ा हुआ था या मैं सोच भी पाया था कि विजय के अन्दर उन्हीं दिनों से गोलमाल शुरू हो चुका था? वह जोर-जोर से बातें करने लगा था, उसकी आँखें लाल हो उठी थीं।

लेकिन उस वक्त मेरी समझ में नहीं आया; मैं बिल्कुल ही समझ नहीं सका।

उसकी तरफ देखते ही मेरा सारा गुस्सा पानी हो गया। मुझे दुःख हुआ। मुझे लगा विजय अतिशय अभागा है।

मैंने माफी माँगते हुए कहा, "गलती मुझसे ही हुई है।"

मेरे रूढ़ आचरण ने मुझे शर्मिन्दा कर दिया। सच ही, इतनी अतिशयता मुझे नहीं करनी चाहिए थी। मैं बाहर निकल आया।

नीचे उतरते हुए, मैं सीढ़ियों पर ठिठक गया। विजय की माँ रसोई में बैठी-बैठी सब्जी काट रही थीं और मन ही मन कुछ-कुछ बुदबुदाती भी जा रही थीं। क्या कह रही थीं? मेरे मन में बीभत्स-सा कौतूहल सवार हो गया। वहीं खड़े-खड़े उनकी बातें सुनने के लिए मेरे कान खड़े हो गये। वे अपने तकदीर को कोस-कोसकर अभिशाप दे रही थीं। वे विजय को भी शाप दे रही थीं।

वे बुदबुदा रही थीं, "इससे तो भला है, तू चला क्यों नहीं जाता? ज़रा कटोरा फैलाकर भीख माँग। जैसे-तैसे अपना पेट पाल। मेरे नन्हे-नन्हे बच्चे, चारों जून हड्डियाँ-तोड़ मेहनत करें और फिर सूख-सूखकर अपनी जान से खेलें और तू बैठा-बैठा, उनकी मेहनत की कमाई पर रोटियाँ तोड़े?"

वे अपने मृत पति से भी बतियाती जा रही थीं—तुम मरे नहीं, जी गये। तुम्हारे हाथों रची-गढ़ी गिरस्थी, इस कमबख्त विजय ने जलाकर फूँक डाली। तुम भाग्यवान थे, पुण्यात्मा थे! तुम्हें यह सब अपनी आँखों से नहीं देखना पड़ा। मैंने ही ऐसा कौन-सा पाप कर डाला कि मुझे यह सब खींचने के लिए छोड़ गये? हाथ मेरे भगवान, यह तुम्हारा कैसा न्याय है?

वहाँ से निकलकर बाहर आते-आते मुझे गोपाल बाबू की याद हो आयी। मुझे लगा कि सच ही उन्होंने बड़ा पुण्य किया था। वे सच ही मरकर जी गये। विजय की यह परिणति उन्हें देखनी नहीं पड़ी।

उसके बाद, ढेर-ढेर दिन गुज़र गये।

आज भी जब विजय का ज़िक्र छिड़ता है, तो मुझे उस दिन का उसका आचरण याद आ जाता है और मैं दुःख से भर उठता हूँ! मुझे पछतावा भी होता है। विजय, मौत के बाद, कोई और दुनिया भी होती है या नहीं, मैं नहीं जानता। पता नहीं, वहाँ पहुँचकर तुम्हें शान्ति मिली या नहीं। पता नहीं, तुम मुझे माफ कर पाये या नहीं। इस वक्त मुझे, तुम्हारी गम्भीर, खूबसूरत आवाज़ में की हुई आवृत्ति याद आती है—

वहाँ लेटा हुआ है एक जन, कितने-कितने दिन भेंट होती थी, दिन-रात!

खेलता रहा मन के खेल, कितने ही किये अपराध!
फिर भी है शान्ति; घनी हरी घास, घास पर पतिंगे
ढँक ली है उसकी चिन्ता-फ्रिक, और जिज्ञासा का अँधियारा स्वाद!

विजय, क्या तुम्हें शान्ति मिली? उस पहाड़ी झरने के किनारे, उन शाल पेड़ों की छाया में, तुम्हारा वह देहातीत मन, क्या आप परम जिज्ञासा के साथ लौट-लौट आता है? या उस परिवेश की गहन शान्ति का आस्वाद करके, तुम शान्त और स्थिर हुए हो?

विजय, क्या तुम मुझे माफ कर पाये? सिर्फ यह बात जानने के लिए आज मैं बहुत कुछ दे सकता हूँ। लेकिन, क्या सच ही मैं जान सकूँगा? कभी जान सकूँगा?

आठ

मेरे चले आने के बाद, विजय ने ज़रूर सोचा होगा। अन्यान्य लोगों के जीवन की पृष्ठभूमि में, अपने जीवन की चरम विफलता ने क्या उसे आतंकित किया था? कौन जाने!

वे बातें मैं किसी दिन भी नहीं जान पाऊँगा। समूची ज़िन्दगी सिर्फ सोच में डूबे-डूबे तकलीफ पाता रहूँगा।

इसके बाद भी चार वर्ष गुज़र गये। पेण्टिंग का कैनवास, धुरी से चिन्दी-चिन्दी काटकर, टेप-रिकॉर्डर, कैमरा, ग्रामोफोन, रिकॉर्ड वगैरह सबकुछ बेच-बाचकर, विजय थियेटर की ओर झुक आया। नाटक का क्षेत्र इस कदर उपेक्षित-अवहेलित पड़ा है, यह बात उसने पहले क्यों नहीं सोची?

लेकिन दिन-काल काफी मुश्किल होता जा रहा था। सन् उन्नीस सौ बयालीस-तैंतालीस-चौवालीस निहायत तरल प्राण-वन्या का समय था। उस समय जो-जो सम्भव हुआ, सन् अट्ठावन गुजर जाने के बाद अब सम्भव नहीं रहा। वह प्रबल उत्ताप अब सख़्त होकर जम गया है।

इसीलिए विजय के नाट्य-आन्दोलन की प्रचेष्टा एक शोचनीय व्यर्थता में पर्यवसित हो गयी। पार्वती मुखर्जी के अलीपुर के हॉल-कमरे में, पार्वती के बड़े भाई ने विजय के प्रति कितना-कितना सम्मान जताया था।

पार्वती इस युग का लड़का था। वह पैसा बखूबी पहचानता था।

उसने विजय से कहा, "आप ऐसा कोई नाटक लगाएँ, जिसमें क्राइम, रोमांस, ट्रैजेडी सब हो। साथ ही सर्वहारा की ज़ुबान से बड़ी-बड़ी बातें भी कही जाएँ, वर्ना फिर यही सुनना पड़ेगा कि नाटक समाज-सचेतन नहीं है।"

विजय चकराया-सा उसकी तरफ देखता रहा। उसकी इच्छा थी कि ईसा मसीह की मृत्यु के बाद, वे कब्र से उठ आये हैं और रक्ताक्त देह लिए, नये सिरे से मानव-मूल्य खोजते फिर रहे हैं—वह इस पर रूपक लिखे!

पार्वती ने आँख मारकर कहा, "ऐसा नाटक से काम नहीं चलेगा। आप विलायती किताबें पढ़ें और उसमें से कहानी निकालें। आप सिर्फ फ्रेम तैयार कर दें। नाटक मैं टूटू सेन से लिखाना चाहता हूँ।"

"टूटू सेन?"

"टूटू सेन जब आयेगा, तो उसके साथ-साथ तमाम सभी बैरिस्टर और उनकी बीवियाँ भी आएँगी। आप समझते क्यों नहीं? आप न...बड़े पिछड़े हुए आदमी हैं।"

विजय ने सारा कुछ देखा-सुना और नाटक की कॉपी वहीं फेंककर, किसी तरह अपनी जान बचायी।

सड़क पर आकर उसका माथा और कान झनझनाते रहे।

वह पिछड़ा हुआ है? वह पिछड़ गया है? यानी यह युग उसे पीछे फेंककर आगे बढ़ रहा है? यह कैसी अग्रगति है, जो विजय दास उस तक पहुँच नहीं सकेगा?

विजय विभ्रान्त हो उठा। वह विमूढ़ आँखों से देखता रहा। उसे समझ में नहीं आया कि समय की नाड़ी किस ताल में स्पन्दित हो रही है।

जिस प्रतिभा को कोई परिचय ही नहीं मिला, उसके पीछे लोग अनिर्दिष्ट काल तक स्तुतिवाद नहीं चलाना चाहते थे। इसके अलावा चालीस की उम्र तक पहुँचकर भी जो इनसान आज भी यह छोड़कर वह, वह छोड़कर कोई और ठकठकाकर, अपनी राह खोजने की कोशिश कर रहा है, उसे समझना वाकई मुश्किल है। अच्छा लगना तो और भी मुश्किल है।

विजय ने दल बदल दिया।

पार्वती मुखर्जी का झुण्ड छोड़कर, वह और भी कम उम्र छोकरों के दल

में चला गया। कॉलेज स्ट्रीट कॉफी हाउस में जो छोकरे बैठे-बैठे अड्डेबाजी करते थे, कविता लिखते थे, विजय ने उन लोगों की मेज पर बैठना शुरू कर दिया। लेकिन वे लोग उस पर भरोसा नहीं करते थे। वह भी उन लोगों को समझ नहीं पाता था। वे दोनों ही अलग-अलग दुनिया के लोग थे। दोनों दलों की भाषा भी भिन्न-भिन्न थी। उन्हें छेड़ते हुए विजय महज़ झाड़ू ही खाता था, उसे रोशनी सन्धान कहीं नहीं मिल सका।

थियेटर का ट्रुप तोड़कर, पता नहीं किसके तो रुपये लेकर, विजय ने एक अख़बार निकाल डाला।

उसने कहा, "आज के ज़माने के अख़बारों की तरह मैं सामूहिक दिलों का मन नहीं बहलाऊँगा। मेरा अख़बार होगा पिछले युग की कला या रवीन्द्रनाथ द्वारा सम्पादित, शुरुआती विश्वभारती तिमाही पत्रिका जैसा! मैं इस समूचे देश को दिखा दूँगा।"

लेकिन अन्दर ही अन्दर विजय टूटने लगा था। इसलिए जिनके रुपयों के दम पर अख़बार चल रहा था, विजय ने उस कारोबारी सज्जन से कहा, "और कोई भले न समझे, लेकिन आप तो समझते हैं न? आप तो जानते हैं न?"

उन्होंने सिर्फ सिर हिला दिया।

उन सज्जन ने कहा, "मैं कुछ जानना नहीं चाहता। आप इस अख़बार में जो चाहे, लिखें, चाहे जिसका भी लेख छापें। मुझे बस, विज्ञापन चाहिए। एक बात और, आप किसी के प्रति गाली-गलौज नहीं कर सकते। समझ गये? मैं कारोबारी इनसान हूँ। पब्लिक और सरकार सबको खुश रखना चाहता हूँ। आप अख़बार में दन्न से कुछ लिख मारें और बेमौत मरूँ मैं—ऐसा कुछ न हो।"

उस वक्त विजय ने कुछ नहीं कहा। भले कुछ भी हो, महीने-महीने रुपयों की ज़रूरत उसे भी थी। इस रूढ़ सत्य से विजय दास भी इनकार नहीं कर सकता था।

लेकिन बाज़ार में छाती ठोंककर अख़बार को खड़ा करने के लिए, जिन सब खूबियों की ज़रूरत होती थी, वे सब खूबियाँ विजय दास में कहाँ थीं? वह बेभाव बेसब्र बन्दा था। वह बूँदभर विरोध या आलोचना बर्दाश्त नहीं कर पाता था। इसके अलावा बात-बात में मालिक से वह झगड़ पड़ता था।

इस तरह साहित्य के बाज़ार में भी विजय दास काने व्यापारी की तरह मुँह के बल गिर पड़ा। इस क्षेत्र में भी वह बेभाव चकमा खा गया।

असल में सबसे पहला और सबसे आगे होने का पागलपन ही उसका दुश्मन बन गया, वर्ना विजय ज़िन्दगी भर इतने-इतने विषय, इतने क्षेत्रों में हाथ-पाँव मारता रहा, अगर वस किसी एक को थामे रहता, तो ज़िन्दगी में खड़ा हो जाता। मँज-घिसकर अगर वह दूसरी श्रेणी का अध्यापक भी हो जाता, सांस्कृतिक हस्ती या कलाकार हो जाता, तो कमाई का जरिया भी ज़रूर हो जाता।

लेकिन कुछ भी नहीं हुआ। उसकी वह खूबसूरत देह तपकर ताम्रवर्णी हो आयी! आँखों तले सियाही घिर आयी। यार-दोस्त उसे देखते ही इधर-उधर खिसक लेते थे। वैसे बातचीत में वही दम्भ। वही अहम बिल्कुल अटूट था, लेकिन अन्दर ही अन्दर वह टूट-फूटकर बिखर चुका था।

विजय के जीवन के उस दौर की ख़बर हम नहीं रख पाये। हम लोगों में एक दिलीप ही था, जो उसकी खोज-ख़बर लेता रहता था, सम्पर्क भी रखता था। लेकिन उन दिनों ऑफिस की तरफ से किसी ट्रेनिंग के लिए रंजना के साथ विलायत गया हुआ था।

उस दौर का अहवाल बाद में सुजय और कुमुद से सुना।

मुझे उस दौर की बातें बताते हुए कुमुद एकदम से बुझ आया, "क्रेन क्लब के उस वाकये ने भाई को कितनी तकलीफ पहुँचायी थी, उनके मन को कितनी गहरी चोट लगी थी, मैं तुम्हें बता नहीं सकता, बादल'दा! उन्होंने मुझे कुछ नहीं बताया। वैसे वे अपने दिल की बताते भी कब थे। लेकिन उनका चेहरा देखकर मैं समझ गया कि भाई को जबर्दस्त चोट लगी है। उसके बाद शंकर बाबू लोगों ने जो किया..."

क्रेन क्लब! वैसे बाहरी नज़र से देखा जाए, तो ऐसा कोई गम्भीर मामला नहीं था। क्रेन क्लब के अस्तित्व के बारे में जानते ही कितने लोग थे? वैसे भी किसी क्लब के वार्षिक कार्यक्रम में निमन्त्रण मिलने या न मिलने की वजह से इनसान अन्दर ही अन्दर इस कदर टूट सकता है, इस बात पर भला कौन विश्वास करेगा?

क्रेन क्लब किसी एक दिन पुराने बालीगंज के किसी मकान में, चन्द

विलक्षण मनीषियों की कोशिश से प्रतिष्ठित हुआ था। पचास वर्ष पहले वे लोग प्रगतिवादी के तौर पर जाने-माने जाते थे। बँगला साहित्य में और बुद्धिजीवी महल में जब भावावेग और तरल विचारधारा की बाढ़ आयी हुई थी, तब वे लोग उसमें बह नहीं गये। उनकी बैठक में कहानी-उपन्यास-कविता को जगह नहीं मिली। वे लोग साहित्य और संस्कृति की विभिन्न समस्याओं पर विचार-विमर्श करते थे। क्रेन क्लब के सदस्यों की संख्या भी बस मुट्ठी भर थी। वे लोग 'क्रेन क्वाटरली' नामक एक त्रैमासिक अंग्रेजी पत्रिका भी निकालते थे। इस देश में उसकी पत्रिका की कुल पचास प्रतियाँ बाँटी जाती थीं! बाकी विदेश भेज दी जाती थीं।

क्रेन क्लब के कमरे में दाखिल होते ही दीवार पर एक तरुण फ्रांसीसी कलाकार की आँकी हुई, उड़ते हुए सारस के झुण्ड की पेण्टिंग पर नज़र पड़ती थी! क्लब के सदस्य वर्ष में एक बार भारत के विभिन्न प्रान्तों से आकर इकट्ठा होते थे। उस दिन सारस की पेण्टिंगवाला डिनर सेट, कॉफी सेट और दारू का सेट बाहर निकाला जाता था। उस एक दिन के अनुष्ठान के लिए विलायती होटल के स्टाफ आते थे। दार्जिलिंग से फल मँगवाये जाते थे। कई-कई हज़ार रुपये खर्च हो जाते थे। सारा कुछ सिर्फ इसी एक दिन के लिए!

उस दिन वहाँ बैठकर, धूर्जटि चौधरी, सुप्रकाश सेन और मार्गरेट गुप्ता वगैरह प्रमुख चिन्तकों ने साहित्य जगत और बँगला विचारधारा में भविष्य में जिस दैन्य और संकट की आशंका जाहिर की थी, पचास वर्ष बाद उनमें से अनेक सच भी साबित हुए थे।

क्रेन क्लब की वह शान और समृद्धि आज भी नहीं टूटी थी। सभा की सदस्य-संख्या और घट गयी थी। वह पत्रिका भी अब बन्द हो चुकी थी। लेकिन आज भी वर्ष में एक अधिवेशन ज़रूर होता था। इस अधिवेशन में शामिल होनेवालों की संख्या आज भी बस, मुट्ठी भर थी।

विजय पिछले दस वर्षों से इस क्लब का सदस्य था। आज भी रुपये-पैसे लेकर इस क्लब का सदस्य नहीं बनाया जाता। पूरे वर्ष भर तक विचार और मनीषा के जगत में कोई मौलिक योगदान देता रहा हो, उन्हीं सब इनसानों को सादर आमन्त्रित करके यहाँ बुलाया जाता था।

विजय जब मेहता के अख़बार में था, तब धूर्जटि चौधरी का बेटा, सिद्धार्थ चौधरी वहाँ आया-जाया करता था। बेहद मिलनसार, शरीफ और रुचिवान् व्यक्ति! उसे पिता का पाण्डित्य और रसबोध तो नहीं मिला था, मगर उनके मन की उदारता, उसे उत्तराधिकार रूप में उपलब्ध थी। उन्हें विजय अच्छा लगा था। वही उसे क्रेन क्लब ले गया था।

यह क्या विजय के लिए कम गौरव की बात थी? बांग्लादेश में बहुतेरे लोग, बहुत-सी बातों पर गर्व कर सकते थे, लेकिन किसी को क्रेन का प्रमाण-पत्र मिला है, यह बात भला कितने लोग कह सकते थे? याद आया, उस एक दिन के अधिवेशन के लिए विजय लिण्ड्से स्ट्रीट से अपना धोती-कुर्ता धुलवाकर लाया था। उसे 'पेपर' जो पढ़ना था, जो विलायत के किसी प्रेस से छपा था।

उन दिनों बहुत सारी जगहों में उसे नहीं बुलाया जाता था। इसके बावजूद विजय में एक किस्म के गौरव का भाव था। क्रेन क्लब के अधिवेशन में कौन-कौन आया था और वहाँ क्या-क्या विचार-विमर्श हुआ था, किसने, क्या-क्या पढ़ा था, स्टेट्समैन में जब इसका विवरण प्रकाशित होता, उसमें उसका भी नाम हुआ करता था। उसे शायद यह लगता था, बल्कि शायद क्यों, निश्चित रूप से लगता था और उसने कितनी ही बार मुझे बताया भी था—"यह जगह, सोना दत्त और पार्वती मुखर्जी जैसे स्नॉव लोगों की जगह नहीं है। यही एकमात्र ऐसी जगह है, जहाँ आज भी इनसानों की योग्यता को स्वीकृति मिलती है।"

विजय ऐसा क्यों सोचता था? कोई एक जगह वह गया या नहीं गया, इस बात पर वह इस हद तक आखिर क्यों निर्भर करता था? यहाँ मूल्य पाने के लिए क्यों उसका मन, उसके गर्वित-उन्नत चेहरे की आड़ में क्यों एक कमजोर, डरपोक मन इस कदर आकुल-व्याकुल रहता था?

आखिर वह क्यों इस तरह इन सब जगहों में अपनी प्रत्याशा का लंगर फेंककर जीना चाहता था?

यह मैं किसी दिन भी नहीं समझ पाऊँगा। मैं तो विजय नहीं हूँ। हमारे बीच सिर्फ एक ही विजय था। उसका मन, उसकी आशा-आकांक्षा, ऐसे घेरे के इर्द-गिर्द घूमती थी, जिस गतिविधि को मैं किसी दिन भी समझ नहीं सकूँगा।

इतना साधारण होकर विजय का मन क्या समझा जा सकता है?

क्रेन क्लब के सेक्रेटरी थे, मार्ग्रेट गुप्ता का बेटा—नन्दन गुप्ता! उसी वर्ष वहाँ प्रणव को आमन्त्रित किया गया, लन्दन यूनिवर्सिटी का वह पेपर पढ़ने के लिए!

विजय ने मुझसे कहा, “इतने दिनों बाद, क्रेन क्लब की इज़्ज़त पर बट्टा लगनेवाला है।”

विजय ने यह बात क्यों कही थी? साहित्य और संस्कृति के आस-पास ही अर्थनीति की जटिल समस्या को जगह दी गयी, क्या इसलिए? या प्रणव, जिसे उसने किसी दिन भी अपने बराबर नहीं माना, उसे वहाँ का प्रमाण-पत्र मिल गया, इसलिए?

मैं तो किसी दिन भी यह नहीं जान पाऊँगा। लेकिन उस दौर की विजय की तमाम बातें जानने के लिए, अब मेरा मन बार-बार आकुल-व्याकुल रहता है। हाँ, मेरा जानने का मन करता है, सुनने का मन करता है।

उस वर्ष सालाना अधिवेशन का दिन करीब आ गया। इस बार लिण्डूसे स्ट्रीट जाने की स्थिति नहीं थी। वह बंगाल स्टीम लॉण्ड्री से ही अपने कपड़े धुलवा लाया। युद्धोत्तर स्पेन के साहित्य पर विजय ने काफी मेहनत से अपना राइट-अप तैयार किया। प्रेस को नकद रकम नहीं दे पाया, इसलिए वह बिल बाकी रखकर ही अपना पेपर छपा लाया।

लेकिन वक्त गुज़र गया। लेकिन, प्रत्याशित आमन्त्रण कहाँ आया? राह देखते-देखते विजय की ऐसी हालत हो गयी कि अँधेरे कमरे में मेज़ पर सफ़ेद काग़ज़ पड़ा देखते ही, वह उस अँधेरे में ही हाथ बढ़ाकर, वह परिचित मोटा, खिसूखिसू लिफ़ाफ़ा छूकर ही पहचान सकता था। उसे निराश होना पड़ा।

कोई पिओन आया था या नहीं, बार-बार यह पूछ-पूछकर उसने सुजय और कुमुद की नाक में दम कर दिया।

अधिवेशन में जब एक दिन बाकी रह गये, तब घर लौटते ही जब उसने यह सुना कि कोई एक बन्दा, कोई चिट्ठी लेकर आया था, तो उतावला होकर उसने माँ से ही पूछा, “देखने में कैसा था? कैसी चिट्ठी लेकर आया था?”

माँ कुछ भी नहीं बता सकी।

विजय अपने को भूलकर, सबकुछ भूलकर, माँ पर ही चीख उठा, “करती क्या हो तुम? एक मामूली-सी बात तक जवाब नहीं दे सकतीं?”

माँ ने बेटे की तरफ देखा। विजय के बर्ताव से दुःख पाने के दिन अब गुज़र चुके थे, फिर भी वे दुःखी हो आयीं।

कुछेक पल उसके चेहरे की तरफ देखते रहने के बाद उन्होंने कहा, "कहा है कि वह दोबारा आएगा। शाम को!"

विजय अपने कमरे में जा बैठा। वह सिगरेट पर सिगरेट पीता रहा, कागज उलटता-पलटता रहा, बेचैन उँगलियों से किताब के पन्ने उलट-पुलटकर देखता रहा। सिगरेट गोल-गोल मोड़ते हुए, काग़ज़ पर तम्बाकू उड़ेलते हुए उसके हाथ काँपते रहे। उसकी उस वक्त की हालत मैंने नहीं देखी, सुजय ने देखी थी। मगर उस प्रत्याशा की ट्रेजेडी मैं समझ सकता हूँ और आज मैं महसूस कर सकता हूँ कि उस दिन, उस निःसंग कमरे में उस अकेले इनसान ने कैसा अकारथ क्षोभ महसूस किया होगा।

शाम को जब किसी ने दरवाज़ा खटखटाया और किसी की आवाज़ सुनाई दी– "विजय बाबू घर में हैं?" तो विजय छटपटाकर नीचे उतर आया। पिओन-बुक पर दस्तखत करके वह पत्र हाथ में लेकर लौटते-लौटते, जैसे उसने इन्तज़ार की यन्त्रणा से अपने को मुक्त महसूस किया और साथ ही उसे यह भी लगा कि वह लिफ़ाफ़ा ज़रा पतला और मामूली है। उसने सोचा कि नन्दन गुप्ता अब खर्च बचाने लगा है।

अन्दर रोशनी के सामने, जहाँ माँ चावल चुन रही थी, वहाँ खड़े-खड़े विजय ने लिफ़ाफ़ा खोला। लिफ़ाफ़ा खोलकर जैसे उसे खुद पर ही विश्वास नहीं हुआ।

वह प्रेस का बिल था। और कुछ नहीं। वह बिल देखकर उसे समझने में थोड़ा वक्त लगा। अगले पल उसने अपनी माँ की तरफ सूनी-सूनी आँखों से देखा। उसके बाद, वह लिफाफा तोड़-मरोड़कर उसने अपनी जेब में रखा और बाहर निकल गया।

उस रात, वह जो बाहर गया, काफी रात गये घर लौटा! वह शराब पीकर लौटा था।

सुजय ने कहा, "उस दिन, भाई के दिल को इतनी चोट लगी थी कि अर्से बाद, वह शराब पीये बिना रह नहीं सका। वापस लौटकर भाई ने मुझसे कहा—सुजय, मुझे जाने कैसा तो लग रहा है। तुम मुझे ऊपर ले चलो।"

यूँ शराब पीकर अपनी व्यर्थता की आग भुलाने की कोशिश, कितने ही लोग, कितने दिनों तक करते रहेंगे? यह समय क्या वही समय है, विजय? ऐसा सब बीस वर्ष पहले चलता था, जब शराब पीकर व्यर्थकाम इनसान जीवन की आग में जल-फुँककर अपनी जान दे डालता था।

अब अपने को भूलने-भुलाने का यह रवैय्या पुरानां और खारिज हो चुका है, विजय! यह बात क्या तुम नहीं जानते थे? तुम्हारी तकदीर ने क्यों तुमसे वही सब काम कराया, जो सिर्फ विगत था, जिस पर अब इनसान विश्वास नहीं करता, न करना चाहता है।

क्रेन क्लब की उस घटना से पहले और बाद ही, शंकर मुखर्जी और क्वालिटी के अड्डे में सौरीन सेन के बारे में बताना ज़रूरी है।

सुजय ने बताया, "उस बात से भी भाई आहत हुए थे। लेकिन, ऐसा लगा, उतनी ज़ोर से नहीं लगी थी। पता नहीं, बादल'दा, भाई ज़्यादा बात तो करते नहीं थे।"

पार्वती मुखर्जी के बड़े भाई, शंकर मुखर्जी! भाई की तरह नाट्य-आन्दोलन की सनक उसे कभी नहीं थी। लेकिन शंकर मुखर्जी व्यक्तित्व का पुजारी ज़रूर था। विजय में क्या देखकर वह उसकी ओर आकृष्ट हुआ था, बताना मुश्किल था। लेकिन विजय दास सिर्फ एक ही होता है, यह बात वह अक्सर कहता था।"

शंकर अक्सर अपने यार-दोस्तों को अपने यहाँ बुलाकर अड्डा लगाया करता था। वहाँ खाने और पीने के बारे में भी नये-नये परीक्षण भी हुआ करते थे। शंकर, विजय को बुलाकर अपने स्टिवेडोर इंजीनियर या बैंक के एजेण्ट दोस्तों के सामने गर्व से कहता था, "अभागा है यह देश, तभी ऐसे इनसानों को समझ नहीं पाया।"

विजय की कोई एक सत्ता उस स्तुति से शायद तृप्त हो उठती थी, वर्ना विजय वहाँ क्यों जाता था, यह मैं आज तक नहीं समझ पाया, क्योंकि वहाँ दारू, डिनर और ब्रिज के अलावा और कुछ भी नहीं चलता था।

उन दिनों विजय वार्षिक चन्दा चुकाने की स्थिति में नहीं रह गया था। इसलिए एशियाटिक सोसाइटी, साइंस कांग्रेस, ओरिएण्टल कान्फ्रेंस वगैरह से उसे आमन्त्रण नहीं आता था।

इस बार पार्वती के दल में नये-नये लड़के-लड़कियों को देखकर या फिर उसके भी मन में सांस्कृतिक भूख जागी थी, इसलिए या ऐसे ही किसी कारणवश शंकर मुखर्जी ने एक सांस्कृतिक बैठक आयोजित की।

जिसके पास दौलत होती है, उसे संस्कृति या साहित्य या राजनीति, कुछ भी करने का अधिकार होता है। अचानक, झट्‌ से शंकर मुखर्जी का नाम, सांस्कृतिक जगत के पृष्ठपोषक के तौर पर चारों तरफ फैल गया। उनलोगों ने न्यू इम्पायर में 'शो' दिया। इसके लिए किसी जर्मन वायलिस्ट को ससम्मान बुला लाये। आदिवासी मण्डली के नृत्य-ग्रुप का इम्प्रसरिओ बनकर, शंकर दिल्ली भी घूम आया। उस हफ्ते अंग्रेजी साप्ताहिकों में उसका नाम बड़े विस्तार से प्रकाशित हुआ।

शंकर, विजय को वहाँ भी ले गया।

उसने कहा, "आप पर्दे के पीछे रहें। सारी पॉलिसी किस ढंग से चलेगी, यह समझने के लिए आप ज़रूरी हैं। आप इस प्रतिष्ठान के "ब्रेन" होंगे।

उन दिनों अपनी नाव कहीं टिकाये रखने के लिए, प्रतिकूल स्रोत से बचने के लिए, कोई बड़ा बन्दर न सही, छोटा घाट ही सही, विजय को ऐसे कुछ की सख़्त ज़रूरत थी। वह कुछ भी ठुकरा नहीं सकता था।

शंकर की बात सुनकर विजय ने नये सिरे से पढ़ाई-लिखाई शुरू कर दी। सांस्कृतिक प्रतिष्ठान कैसे चलाया जाता है। इस बारे में किसने, क्या कहा है; विलायत में आइरिश ड्रामा मूवमेण्ट के समय, लेडी ग्रेगरी और येट्स ने क्या किया था—सारा कुछ पढ़कर, विजय ने एक निबन्ध लिख डाला।

कामकाजी इनसान को क्या सबकुछ याद रहता है? शंकर अपनी उस बैठक के अधिवेशन में अन्त में विजय को बुलाना ही भूल गया।

इसकी एक वजह शायद प्रतीप दत्त था। प्रतीप दत्त के फार्म ने ही विज्ञापन और प्रचार का कार्य किया था। प्रतीप वहाँ बिबूली बोस को लेकर आया था।

विजय का नाम सुनकर उसने ज़ोर का ठहाका लगाया और शंकर की पीठ पर धौल जमाते हुए कहा, "भई, जब नया कुछ शुरू कर रहे हो, तो सबकुछ नया करो न! इस मरे हुए घोड़े, विजय दास को इसमें मत खींचो! तुम्हारी बुद्धि की बलिहारी जाऊँ!"

बिबूली बोस की आँखें आज भी दिन के वक्त उनींदी रहती थीं। रात होते ही वही सोयी-सोयी आँखें बिबूली की आँखों की तरह एकदम से चमकने लगती थीं। उस वक्त वह मौज-मज़ा खोजती थीं।

अफीम के रस में भीगी हुई सिगरेट होठों से हटाकर उसने पूछा, "क्यों, डार्लिंग विजय को क्यों नहीं बुलाओगे? किसी ज़माने में वह कितना इण्टरेस्टिंग हुआ करता था, पता है?"

"इसीलिए उसे नहीं बुलाऊँगा, डार्लिंग, कि अब वह इण्टरेस्टिंग नहीं रहा! इसीलिए तो!"

बिबूली बोस का उत्साह तत्काल बुझ आया!

ये तमाम बातें कुछ जानकर, कुछ सुनकर और बाकी सब सोचकर विजय ने क्या किया, कौन जाने! शायद घर में ही, आरामकुर्सी पर, माथे को हथेली में दबाये, वह बैठा रहा।

अब यह समझने में ज़रा भी भूल नहीं हुई कि उसी दिन से विजय के इर्द-गिर्द की दुनिया बड़ी जल्दी-जल्दी और बेहद निर्मम ढंग से छोटी होती आ रही थी और विजय उस संकीर्णता को महसूस करते हुए, अपने कमरे में अकेले-अकेले बैठे हुए या शहर के सड़क-घाट पर घूमते-भटकते, जाने कितना दुःखी और क्षुब्ध होता रहा होगा। व्यर्थता की आग में जलता हुआ, उसका विभ्रान्त मन शायद यह सोचने और समझने की कोशिश करता रहा कि यह क्या हुआ!

कभी, किसी दिन उसने यह सोचा था कि उसकी दुनिया इस शहर, इस देश में सीमाबद्ध नहीं रहेगी। उसने सोचा था कि यह पृथ्वी विजय दास के नाम नित्य-नूतन प्रमाणपत्र लिखती रहेगी।

लेकिन, ऐसा कहाँ हुआ? यह सीमाहीन धरती, उसमें डूब-डूबकर जीने की आकांक्षा, असल में उसकी तो कहीं बुनियाद ही नहीं थी। वह तो विजय के मनोजगत में रची-गढ़ी कोई और ही दुनिया थी।

वैसे बाहर से देखने पर, वह उन दिनों भी वही पुराना विजय दास नज़र आता था।

उस विजय दास को शहर कलकत्ता के लोगों ने उन दिनों भी देखा था। उसे शान से सिर उठाये हुए, ज़मीन तक दुपट्टा लहराकर, कॉलेज

स्ट्रीट की सड़कों पर चलते हुए, विदेशी पेण्टिंग की नुमाइशों में डेनमार्क के राज-प्रतिनिधियों से बातचीत करते हुए, यहूदी बेहालावादकों के कार्यक्रम में दस रुपये टिकटवाली सीट पर बैठे हुए, लोगों ने देखा था।

उसकी भक्त-मण्डली उसे त्यागकर, नयी-नयी प्रतिभाओं की तलाश में व्यस्त हो गयी थी। विद्वान-बिरादरी उसे सन्देह की नज़रों से देखने लगी थी।

घर उसके लिए असहनीय हो उठा। इसके बावजूद, घूमते-भटकते और कहीं आश्रय न पाने की वजह से विजय अन्त में घर ही लौट आता था। कमरे में उसकी लिखी हुई किताबों में कीड़े लगने लगे थे। मौत की तरह निस्तब्ध उस कमरे में कीड़े-दीमकों द्वारा किताबें चाटने की कुरकुर आवाज़ें साफ सुनाई पड़ती थीं। विजय बैठा-बैठा वही गूँज सुना करता था।

वर्षों-वर्षों की मेहनत का फल, वह न्यूक्लिअर फिजिक्स की किताब, भारतीय संगीत के बारे में अंग्रेजी में लिखी गयी किताब, उसके द्वारा सम्पादित पत्रिकाएँ—उन सबमें उसने अपने जीवन के आठ-दस साल क्या नहीं उड़ेल दिये थे? विजय को लगता था कि ये जहरीले कीड़े, किताबों के पन्ने नहीं, उसके जीवन की ढेरों महत्वाकांक्षाओं, ढेरों रंगीन सपनों को कुरेद-कुरेदकर चाटते जा रहे हैं।

नुमाइश से जो सब तस्वीरें आयी थीं, वे सब कमरे की दीवारों पर झूल रही थीं—अनावृत! धूल से ढँकी हुई!

विजय जिस तरफ भी नज़र डालता था, उसे क्या सिर्फ व्यर्थता की तस्वीरें ही दिखाई देती थीं? कहीं, किसी जगह भी वह सार्थक नहीं हुआ? कहीं वह थोड़ी-सी भी फसल नहीं उगा सका?

विजय के दिमाग़ में सिर्फ यही बात, यही सब ख़याल घूमते-फिरते, सिर धुनते रहते थे। अब, किसी ओर भी नज़रें उठाकर, विजय से देखा नहीं जाता था।

ऐसे ही एक दिन जब उसे लगा कि उसकी साँसें घुटने लगी हैं, वह नीचे, घर की दूसरी मंज़िल पर उतर आया और माँ के करीब आ बैठा। उसे ख़याल आया, और कोई न सही, माँ तो उससे बातें करेगी। वह ईषत् सहमा-सहमा ही माँ के करीब गया था।

माँ चौंक उठीं।

"क्या बात है? तबीयत खराब लग रही है? क्या हुआ है?" उन्होंने पूछा।

"नहीं! बस, यूँ ही चला आया। क्या कर रही हो तुम?"

"यूँ ही चला आया? मैं क्या कर रही हूँ?"

विजय की ही बातों को नासमझ की तरह दोहराते हुए, माँ उसकी तरफ देखती रहीं। उनकी आँखों की उस दृष्टि में विजय ने मानो अपने को पहचाना। कौन बेटा और कौन माँ? दोनों की दुनिया जाने कभी की एक-दूसरे से अलग हो चुकी हैं। अब दोनों की अलग-अलग दो दुनिया हैं, बीच में अपरिचय का समुद्र! अब उस पर पुल बनाना कहाँ सम्भव है?

विजय यह बात अपनी ज़ुबान से नहीं कह सका। अब, उसे खुद ही अपने से डर लगने लगा था। बैठे-बैठे उसके दिमाग़ में अद्भुत-अद्भुत, बे-सिर-पैर के ख़याल आते रहते थे। मसलन, एक दिन उसे लगा, वे तस्वीरें उसकी पहचान में नहीं आ रही हैं। अगर उन तस्वीरों को वह उल्टा लटका दे, तो शायद पहचान सके। यही सोचकर उसने तस्वीरें उल्टी कर डालीं और उन्हें गौर से देखता रहा।

सुजय ने अचकचाकर सवाल किया, "यह क्या कर रहे हो, भाई?"

अब, विजय को लगा—ना, महज, खामख्याली में वह निरा बचपना कर बैठा है। पेण्टिंग को दोबारा यथास्थिति में ठीक से लटकाते हुए, उसे यह भी ख़याल आया कि अभी कुछेक पल पहले ही जो काम उसे स्वाभाविक लगा था, अब लग रहा है कि वह निरा पागलपन था। ऐसा क्यों हो रहा है?

कभी-कभी उसे लगता था, वह कमरे में अकेला नहीं है। उसके सामने कोई और भी बैठा है और हैरत की बात यह थी कि सामने बैठा हुआ व्यक्ति भी विजय दास ही है। तो क्या उसके अन्दर से निकलकर, उसका मन ही उसके रूप में बैठा है?

विचित्र बात यह थी कि सामने जो बैठा है, वह इतना चालाक है, छूने-पकड़ने से बाहर है कि विजय को वह नज़र ही नहीं आता। वह उसे देख नहीं पाता, फिर भी उसकी उपस्थिति की जानकारी उसे है। उस वक्त विजय कमरे की बत्ती जलाकर चप्पा-चप्पा उसे खोजता रहता था। यूँ खोजते-खोजते अचानक जैसे ही उसे अहसास होता था कि कहीं, कोई नहीं है, कमरा खाली है—उसी पल उसे भयावह डर घेर लेता था।

उसे लगता था, अकेले बैठे-बैठे उसके मन में ऐसे सब ख़याल आ रहे हैं। अपने ही मन पर विश्वास न कर पाने की वजह से विजय अपने को बेहद असहाय महसूस करता था। उन पलों में वह किसी न किसी का साथ चाहता था। भले वह माँ हो या भाई या कोई और हो, बस, कोई न कोई उसके साथ हो!

माँ से बात करने की चेष्टा जब एक बार फिर व्यर्थता में पर्यवसित हो गयी, उसने भाइयों के करीब जाने की कोशिश की। उसे लगा अगर वे लोग ही उससे बातचीत करें, उसके साथ ढेरों वक्त गुज़ारें, तो मुमकिन है, उसे ऐसे सब ख़याल न आएँ।

लेकिन यह भी क्या सम्भव हो पाया?

भाइयों के साथ तो उसका कोई नाता-रिश्ता ही नहीं था। सुजय काफी रात गये घर लौटता था और दफ्तर में परीक्षा देने के लिए किताबें पढ़ने में डूब जाता था। एक दिन विजय निचली मंज़िल पर उतर आया।

"क्या कर रहा है, सुजय?" उसने पूछा।

"पढ़ाई कर रहा हूँ, भाई!"

"क्या पढ़ रहा है? एकाउण्ट्स? गणित शायद तुझे पसन्द है?"

"यह परीक्षा के लिए पाठ्य-पुस्तक है, भाई!"

"कैसी परीक्षा? तू क्या एम.ए. का इम्तहान देगा, लेकिन, तू तो नौकरी करता है!"

"नहीं, भाई, यह दफ्तर की परीक्षा है! ये किताबें, दफ्तर में इम्तहान देने के लिए हैं।"

"यह सब परीक्षा देने से क्या होता है?"

भाई को इतना-सा मामूली सवाल, इतने व्याकुल भाव से पूछते देखकर, सुजय की समझ में नहीं आया।

उसने जवाब दिया, "दफ्तर की यह परीक्षा पास कर लूँगा, तो मेरी तनख्वाह एक सौ साठ रुपये और बढ़ जाएगी।"

"ओ!"

विजय उसका चेहरा निहारता रहा। सुजय अगर और दो-चार बातें करे, तो विजय थोड़ी देर और उसके पास बैठ सकता था। सुजय को उसके मन की

बात समझ में नहीं आयी। वे दोनों एक-दूसरे से सन्त्रस्त महसूस करने लगे।

और कोई बात नहीं सूझी, तो विजय ने कहा, "अच्छा, तो मैं चलूँ—!" यह कहकर वह उठ खड़ा हुआ।

खाते समय, कुमुद ने चकित-सा सवाल किया, "माँ' भाई को क्या हुआ है? मोहन भाई की सिगरेट ले तो आया था? शाम को भाई को कॉफी दी गयी थी न?"

"हाँ! क्यों?"

"भाई अचानक नीचे क्यों चले आये? बातें क्यों कीं, मैं यही सोच रहा था। ऐसे तो वे किसी दिन आते नहीं।"

जवाब में माँ और बेटा, दोनों ही ख़ामोश हो गये। माँ ने यह नहीं कहा—क्यों, भाइयों के साथ क्या वह बात नहीं करता?

यह सहज-सा जवाब माँ की ज़ुबान पर आया ही नहीं। विजय ने ही तमाम सहज को असहज बना डाला था।

विजय सीढ़ियाँ चढ़कर दोबारा अपने कमरे में चला आया और निःसंग शाम भर अपने कमरे में अकेला-अकेला बैठा रहा।

वैसे सीढ़ियाँ चढ़ते हुए, उसके पाँव मानो जवाब दे गये। पैर मानो उठना ही नहीं चाहते थे। ऊपर जाकर वही तो अकेले-अकेले बैठे रहना होगा। निःसंग शाम! निर्जन कमरा! और सबसे ज़्यादा सूना हो आया था—उसका मन!

उस दौर में अपनी मनःस्थिति, विजय कॉपी में लिखकर रख गया है। उस कॉपी में कुछ भी नहीं था, सिर्फ किसी विदेशी कहानी का अनुवाद भर था। इस किस्म का काम उसने पहले कभी नहीं किया। लेकिन उन दिनों अनुवाद करके, महीने-महीने उसे थोड़े रुपये ज़रूर मिल जाते थे। शायद इसी वजह से उसने इस कहानी का भी अनुवाद शुरू किया होगा। वह कहानी मृत्युदण्ड के किसी असामी के बारे में थी!

जिब्राल्टर के एक परित्यक्त, निर्जन दुर्ग में एक कैदी अकेला ही मृत्युदण्ड की प्रतीक्षा कर रहा है! उसे सारी बातें बता दी गयी थीं, सिर्फ यह नहीं बताया गया था कि उसे मृत्युदण्ड किस ढंग से दिया जाएगा। उसने बार-बार जानना चाहा। न्यायाधीश ने कहा—यह बात हम तुम्हें नहीं बताएँगे। लेकिन तुम इतना भर जान लो कि मृत्यु तुम्हारे पास एक अभिनव रूप में आएगी।

समुद्र-तट के एक परित्यक्त दुर्ग-शिखर के एक कक्ष में वह बन्दी है। उस कक्ष में आठ खिड़कियाँ हैं। उस खिड़की से चेहरा बढ़ाकर, खड़े पहाड़ों के काफी नीचे बहते हुए समुन्दर पर नज़र पड़ती थी। पलायन की कोई राह नहीं थी!

इसके बावजूद कक्ष में भरपूर रोशनी-हवा आती थी। वहाँ से आसमान दिखाई देता था। चील-गिद्ध पंछी और अधिक ऊँचाई पर, पहाड़ों के शिखर पर बसे अपने-अपने घोंसलों में लौटते हुए, इस कक्ष की खिड़की के सामने अपने पंख झटकार जाते थे। रात को आसमान पर असंख्य तारे जगमगा उठते थे। ऐसा लगता था मानो ये सितारे ही उस कैदी के संगी-साथी थे। कैदी निःसंग नहीं था।

बन्दी कृतज्ञ महसूस करता था। न्यायकर्ता ने उसे ऐसा अथाह सौन्दर्य, ऐसी प्रसन्न उदारता, यह आकाश और अनन्त में विलीन सागर—सारा कुछ अगाध रूप से उपयोग करने की अनुमति दी थी। वह मानो धन्य महसूस कर रहा था। इसके बाद, और कोई मृत्यु ही उसे भयावह नहीं लगती थी।

लेकिन, सात दिनों बाद, एक दिन सुबह उठते ही बन्दी को लगा मानो कहीं कोई सूत कट गया है। कुछ हुआ है, जिसे वह पकड़ नहीं पा रहा था। उसे कुछ समझ में भी नहीं आ रहा था।

अचानक उसने देखा—खिड़की संख्या आठ नहीं रही, अब सात हो गयी हैं, और उस परिसर में कक्ष का आकार भी कुछ छोटा हो आया है।

उस दिन कैदी की समझ में आया कि न्यायाधीश ने उसके साथ कैसा क्रूर मज़ाक़ किया था! उसके हाथ-पैर जंजीरों में जकड़े हुए थे। वह खिड़की से बाहर कूद भी नहीं सकता था। अब, उसे सिर्फ इन्तज़ार करना होगा कि कितनी देर में, कितने धीरे-धीरे, एक-एक करके खिड़कियाँ कम होती जाएँगी। उसका कक्ष छोटा होता जाएगा और उसका जीवन भी!

एक रात और गुज़र गयी! एक खिड़की और कम हो गयी।

उसके बाद, विजय ने अपना मन्तव्य जाहिर किया था—"एक-एक करके सारी खिड़कियाँ गुम हो जाएँगी? और पृथ्वी छोटी होती जाएगी? और मुझे मुट्ठी बाँधे यह देखते रहना होगा? मैं क्या कुछ भी नहीं कर पाऊँगा? अब, मुझसे इस कहानी का अनुवाद भी नहीं हो पा रहा है। मैं इसका अनुवाद नहीं कर सकता! नहीं कर सकता! नहीं कर सकता!"

अन्तिम "नहीं कर सकता" काफी बड़े-बड़े अक्षरों, पूरे पृष्ठ पर लिखा गया था।

इस कहानी से और विजय के अपने मन्तव्य से, उसके मन की तत्कालीन स्थिति साफ समझ में आती है।

कहानी के नायक के साथ अपने को लपेटकर, विजय जाने कैसा तो डर गया था। काश, उन दिनों उसकी मनःस्थिति कोई जान पाता! इसी से पता चल जाता कि विजय का मन अब उसके वश में नहीं रहा।

यह कहानी उसे अनुवाद करने को क्यों दी गयी?

जब मैंने यह सवाल किया, तो अख़बार के सम्पादक ने मुझे बताया, "यह कहानी, विजय बाबू ने खुद ही ज़िद करके अनुवाद करना चाही थी। हमने उन्हें अनुवाद करने को नहीं कहा। हमें तो यह भी पता नहीं था कि उस किस्म की कोई कहानी मौजूद भी है।"

नौ

अन्त में एक धक्के से विजय दास टूट-फूट गया।

उसी तपन और स्वाति का मामला! स्वाति को किसी शर्त पर भी जबर्दस्त, पुराने सिविलियन, जोआरदार साहब तलाक देने को राज़ी नहीं हुए।

तपन भी कम नहीं था। उन दोनों ने पूरे नौ वर्ष तक इन्तज़ार किया। स्वाति उसी स्कूल में ही नौकरी करने लगी। तपन ने अपने दोस्त के साथ मिलकर इलेक्ट्रोनिक सरंजामों की दुकान खोल ली। स्वाति का बाईस वर्षीय यौवन झरकर, इकतीस वर्ष की अधेड़ उम्र में पहुँच गया। तपन तैंतीस वर्ष का हो गया।

स्वाति और उसकी माँ के साथ तपन ने एक फ्लैट ले लिया। रात वह दुकान के कमरे में गुज़ारता था और दिन भर स्वाति के साथ रहता था। एक साथ चाय पीने से उन दोनों के दिन की शुरुआत होती थी। रात का खाना खाने के बाद, तपन स्कूटर पर सवार होकर चला जाता था।

स्वाति ने पूछा, "इन्तज़ार करते-करते क्या कैलेण्डर की सारी तारीखें खत्म हो जाएँगी?"

तपन ने जवाब दिया, "ऐसा भला कहीं होता है? सारा कुछ खत्म हो जाए, फिर भी हाथ में कुछ रहेगा। मैं बहुत ज़्यादा तारीख तो चाहता नहीं। एक भी दिन मिल गया, तो मैं यथेष्ट समझूँगा।"

आखिरकार जोआरदार को सद्‌बुद्धि आयी। बर्मा में ही उनका निधन हो गया।

तपन और स्वाति का विवाह हुआ। विवाह होने पर दुलहन अपने दूल्हे के घर जाती है। इस विवाह में रजिस्ट्रेशन से एक दिन पहले ही, तपन रिक्शे पर अपना बिस्तर लादकर, दुकान से घर ले आया। स्वाति के स्कूल की सहकर्मी उसके घर आयीं और सबने मिलकर पूरी-आलूदम तैयार किया। हम सबने टेलीग्राम भेजकर, उन दोनों को शुभकामनाएँ दीं।

अरुण और तपन मजुमदार के ही प्रसंग में हमने देखा कि भाइयों को लोगों की शुभकामनाएँ पाने का सौभाग्य प्राप्त हुआ। लड़के बिना निमन्त्रण के ही तपन की पुरानी क्लब-लाइब्रेरी में आ पहुँचे और सबने जमकर जश्न मनाया। वे लोग ही खाना ले आये, फूल ले आये। मुटके मुरारी ने अपनी बीभत्स आवाज़ में 'उलू' ध्वनि की। अन्य लोगों ने ग्रामोफोन पर शहनाई का रिकॉर्ड बजाया। तपन ने जैसे उन लोगों को आमन्त्रित नहीं किया था, उसी तरह, वैसे ही उन लोगों के आ धमकने पर विस्मित भी नहीं हुआ। उसकी भाव-भंगिमा ऐसी थी, मानो ऐसा तो होना ही था, यही स्वाभाविक था। स्वाति को भी इस अर्से में तपन और उसके यार-दोस्तों के बारे में कम तजुर्बा नहीं हुआ था। वह लाल रंग की साड़ी पर तौलियाँ लपेटकर और ज़्यादा पूरियाँ तलने में जुट गयी।

सभी लोग यहाँ-वहाँ बैठकर, कई दिनों तक तपन-स्वाति के विवाह की चर्चा करते रहे।

सभी खुश थे। तपन को सभी लोग प्यार करते थे और स्वाति के साथ उसके रिश्ते के बारे में भी सभी लोगों को जानकारी थी।

यहाँ तक कि सारा कुछ देख-सुनकर तपन ने कहा, "मेरे विवाह करने से तुम लोग इतने खुश होगे, यह बात अगर मुझे पहले पता होती, तो मैं जाने कभी विवाह कर लेता। चाहे जैसे भी हो, विवाह कर ही डालता।"

चाय की दुकान पर बैठे-बैठे ये सब बातें सुनकर, विजय ने अपनी आदत

मुताबिक उपेक्षा की मुद्रा में कहा, "ये तपन न, हमेशा से ही लड़कियों का दीवाना रहा है, वर्ना यह लड़की, स्वाति...मतलब ललिता की कैसी तो बहन होती है, वही स्वाति न? उस लड़की में ऐसी कोई खास बात नहीं है...।"

तपन का छोटा भाई पल्टू भी वहाँ बैठा चाय पी रहा था।

वह एकदम से भड़क गया।

उसने अक्खड़ लहजे में कहा, "विजय'दा, ऐसी बातें मत करो। तुम बड़े भाई हो, फिर भी मैं बर्दाश्त नहीं करूँगा, समझे?"

विजय ने आँखें मलकर, उसकी तरफ देखा। वह जब अरुण के साथ बी.ए. में पढ़ता था, यही पल्टू, कुल दस बरस का निरा बच्चा था। दौड़-दौड़कर उनके लिए सिगरेट खरीद लाता था। वही पल्टू आज उससे इस ढंग से बात कर रहा था।

बेशक, यह दुनिया बदलती जा रही थी।

विजय ने कहा, "पल्टू, तुम्हें क्या इस ढंग से बात करनी चाहिए?"

पल्टू ने पलटकर जवाब दिया, "इस तरह से बात करना तो नहीं चाहता था। लेकिन, तुम ही मुझे कहने को लाचार कर रहे हो। ऐसा करो, विजय'दा, तुम एक शादी कर लो, वर्ना किसी दिन पागलखाने पहुँच जाओगे।"

विजय सिर्फ उसकी तरफ अपलक देखता रहा। धक्का हालाँकि बातों का था, फिर भी विजय को लगा जैसे किसी ने उसे गर्दनिया देकर धक्का मारा है।

वहाँ से निकलकर घर की राह पकड़कर चलते हुए, जाने कब तो वह अनजाने में ही पार्क में जा बैठा, उसे यह बात याद नहीं रही। बेंच पर बैठे-बैठे उसे ढेरों बातें याद आती रहीं। उसे ख़याल आया कि अब, उसकी उम्र तैंतालीस वर्ष हो चुकी है।

निहायत बेरोज़गार, बच्चा या बूढ़े भिखारी के अलावा, दिन के ग्यारह बजे पार्क में कोई नहीं आता। घास पर गौरैया चिड़िया फुदक-फुदककर घूमती फिर रही थी, विजय वही देखता रहा। सफेद रंग का भारी-भरकम बिल्ला रेलिंग लाँघकर, मैदान में आ घुसा और रेलिंग से चिपके-चिपके आगे बढ़ गया। विजय यह सब क्यों देख रहा था? इन सबकी तरफ तो उसने कभी गौर से नहीं देखा। तो क्या वह भी उस बूढ़े भिखारी की तरह बूढ़ा

हो गया है? वह जो भिखारी टिन के मग से उड़ेल-उड़ेलकर, सिकोरे में चाय पी रहा था, विजय भी क्या उसी की तरह दुनिया से छुट्टी पा चुका है?

आज विजय को जाने क्यों तो अपने बप्पा का ख़याल हो आया। उसने बप्पा को याद करने की कोशिश की। इसी पार्क में बैठे-बैठे ही बप्पा बेहोश हो गये थे। बप्पा का वह चेहरा उस वक्त उसे याद नहीं आया। हाँ, उनके कम उम्रवाला चेहरा याद हो आया। भोर के वक्त बप्पा उसे पार्क में घुमाने ले आते थे। उसे उनका वह हँसता हुआ चेहरा याद आ गया।

आज उसे घर लौटने में भी देरी हो गयी।

अगली सुबह से दिन भर ढुड्डी पर हाथ रखे, आरामकुर्सी पर बैठे-बैठे ही गुज़ार दिया। शाम होते ही, जब वह झोंक में उठने ही जा रहा था, सामने की दीवार से जैसे कोई उछलकर सामने आ गया। विजय बेतरह डर गया। उसने देखा, वह उसी की छाया थी। यह देखकर भी वह आश्वस्त नहीं हो पाया। वह छाया उससे काफी ऊँची, काफी बड़ी थी। विजय मन्त्रमुग्ध की तरह उसकी तरफ देखता रहा। उसके मुकाबले, उसकी छाया ज़्यादा जीवन्त थी। ऐसा कैसे हुआ? यह छाया इतनी लम्बी क्यों है? वह छाया तो विजय दास है! पूरे पाँच फीट आठ इंच। छाया साढ़े पाँच फीट की कैसे हो गयी?

विजय का मन हुआ, वह उस छाया को छू ले। दीवार के सामने जाकर वह अँगूठे के बल उचककर, ऊँचा होकर खड़ा हो गया।

छाया उसका मज़ाक़ उड़ाती हुई और ऊँची हो गयी।

विजय डर गया। वैसे उसने आकर्षण भी महसूस किया। वह फिर जरा ऊँचा हुआ। छाया और भी ऊँची हो गयी।

उसका रक्त-मांस का शरीर अंगूठे के बल जितना-जितना ऊँचा उठने की कोशिश करता, छाया उछल-उछलकर और ऊपर उठ जाती! विजय को लगा, इनसान विजय दास किसी दिन भी उस छाया तक नहीं पहुँच पाएगा।

आज मैं समझ सकता हूँ कि विजय ने अपनी उस छाया को पकड़ने के लिए कितनी-कितनी आकुल कोशिशें की थीं, दीवार को खरोंच-खरोंचकर उस छाया का सिर अपनी मुट्ठी में दबोचना चाहा था, मगर उसकी उँगलियों की त्वचा छिल गयी, उनसे खून झरने लगा। उधर छाया और-और ऊँची होती गयी।

नौकर कॉफी देने आया था। वह अचरज से मुँह बाये, विजय की हालत देखता रहा और मजा लेता रहा। उस पर नज़र पड़ते ही, विजय को होश आया। उसने अपने दोनों हाथ धो डाले और छिली हुई उँगलियों में आयोडिन लगायी।

जब वह आरामकुर्सी पर दोबारा आ बैठा, उसकी समूची देह थर-थर काँप रही थी। अपने को सम्हालने में विजय को काफी वक्त लगा। हथेलियों से अपना मुँह दबाये, वह बैठा रहा। अब, वह छाया उसे नज़र नहीं आ रही थी।

नौकर ने नीचे जाकर वह बात उसकी माँ और सुजय को बतायी।

उन लोगों ने उस घटना को कोई तवज्जोह नहीं दी।

अगर उस वक्त वे लोग ध्यान देते, तो कोई उपाय करते, उसका जतन लेते।

तब तकदीर, विजय से ऐसा निर्मम प्रतिशोध नहीं ले पाती।

उस दिन अकेले-अकेले बैठे विजय को सबकुछ याद आता रहा। उसे याद आया कि वह माँ, भाई, बाकी लोगों से काफी दूर चला आया है। अब, उन लोगों के सामने अपने निःसंग मन का बोझ वह कभी भी उतार नहीं पाएगा। उसे यह भी याद आया कि दस वर्ष पहले उसकी माँ ने आखिरी बार उससे विवाह करने को कहा था। अब, उससे, कोई कुछ नहीं कहता। विजय दास की ज़रूरत अब सभी के लिए खत्म हो चुकी है।

विजय अब अपने से ही डरने लगा था। अब, उसे अपने साथ रहने में डर लगने लगा था। अब, वह सिर्फ लोगों के पास घूमने-फिरने लगा। अब, वह यहाँ-वहाँ पहुँच जाता, इस-उस के साथ बैठता, सभी लोगों के साथ हिलने-मिलने की कोशिश करने लगा। स्कूल-जीवन के संगी-साथी, कॉलेज के दिनों के परिचित लोग—विजय हर किसी को खोजने लगा।

इसी तरह घूमते-घूमते ही एक दिन वह सुचन्द्रा सोम के घर पहुँच गया। सुचन्द्रा सोम के पति का निधन हो चुका था। इसके बावजूद आज भी वे सुचन्द्रा सोम ही थीं। आजकल संजय सोम उनके पति थे।

पिकूपिकू जैसी औरतों को कैसे काबू में किया जाता है; कैसे उन औरतों का मन घर में स्थिर किया जा सकता है, संजय सोम यह बखूबी जानते थे।

पिकूपिकू सोम को जब विजय जानता था, तब वे निस्सन्तान थीं, अटूट

यौवना थीं। संजय सोम ने पिक्पिक् पर विश्वास नहीं किया। पिछले पाँच वर्षों में पिक्पिक् चार बच्चों की माँ बन चुकी थीं। विजय के लिए यह समझना बाकी नहीं रहा कि अब वे पाँचवीं सन्तान को जन्म देने वाली थीं। पिक्पिक् की वह सुडौल देह अब मोटी होकर झूल गयी थी। वे विजय दास को सिर्फ बेबी की बातें ही सुनाती रहीं। संजय सोम सिर्फ सामने बैठे रहे। किस बच्चे को कितने दाँत निकल आये हैं, कौन नर्सरी स्कूल जाने लगा है, पिक्पिक् धाराप्रवाह यही विवरण सुनाती रहीं।

ये सब बातें विजय के लिए असहनीय हो उठीं।

विजय ने पूछा, "वे सब चीनी पेण्टिंग कहाँ चली गयीं?"

"वे सब बेच दिये।" पिक्पिक् ने जवाब दिया।

विजय उठ खड़ा हुआ!

उसे दरवाज़े तक छोड़ने आकर पिक्पिक् ने करुण स्वर में कहा, "मेरे सारे सपने टूट गये, विजय। संजय ने मुझे हथकड़ी-बेड़ियों में जकड़ लिया है।"

विजय की ज़ुबान से एक भी शब्द नहीं निकला। वह बाहर निकल आया। उसे लगा, बूला राय की तरह पिक्पिक् सोम ने भी आजकल करुण होना सीख लिया है।

अब विजय के मन में चाह जाग उठी कि बूला राय ने नया कुछ क्या सीखा? उसके मन में क्या पिक्पिक् सोम की दुर्वार जीवन-प्यास संचरित हो उठी है?

सबकुछ बदल चुका है। किसी दिन बूला राय का ख़याल था कि विवाह करके वह अ-सुखी हुई थी। जिस विजय को देखकर बूला राय ने डॉक्टर अजय राय को काफी फीका मान लिया था, उसमें आज विजय को अधेड़ उम्र उस अ-सुखी औरत का कोई निशान नज़र नहीं आया।

विजय के अधमैले कपड़े-लत्ते, आँखों की अस्थिर दृष्टि, धूलभरी चप्पल और अस्तव्यस्त कच्चे-पक्के बाल देखकर, मारे विरक्ति के उसकी भौंहें तन गयीं। लेकिन अपने मन की विरक्ति, बूला राय ने अपने चेहरे पर जाहिर नहीं होने दी।

चेहरा ही मन का दर्पण होता है, यह बात मामूली लोगों के सन्दर्भ में ही सच होती है। हल्के बादामी रंग में रँगे हुए कमरे में यामिनी राय की

पेण्टिंग, कैक्टस और नागा लोगों की बेंत की टोपी सजाकर, जो लोग निवास करते हैं, उनके मन के भाव किसी दिन भी चेहरे पर जाहिर नहीं होते। इसीलिए लतिका राय हँस पड़ी।

उसने कहा, "अब पहचान गयी। आप वही विजय बाबू हैं न! आपको 'सिलेक्ट' में देखा है न? आपकी ज़ुबानी सुनी हुई, आरागाँ की कविता क्या कभी भूल सकती हूँ? डोडो! लूलू! कहाँ हो, बच्चो?"

सी एल टी की हल्की पीली और हरी पोशाकों में दो प्यारे-प्यारे बच्चे हाथ में स्किपिंग-रस्सी थामे, नाचते-नाचते आ पहुँचे।

लतिका राय ने कहा, "गाड़ी निकाली? मेरा बैग ले आओ तो।" उसने विजय की ओर पलटकर कहा, "आप बड़े दिलचस्प थे। कितना कुछ किया करते थे, हालाँकि अब सबकुछ भूल चुकी हूँ। आजकल क्या कर रहे हैं?"

विजय को बेभाव हँसी आने लगी। उसकी हँसी सोडे की तरह दुर्दम होकर उफन आयी।

उसने जवाब दिया, "मुझे तुम हमेशा से ही 'तुम' कहती रही हो, बूला। 'डार्लिंग' शब्द जोड़े बिना, तुम एक भी वाक्य नहीं बोलती थीं। इसी डोडो को आया के पास रखकर, मेरे साथ क्या करती थीं, तुम्हें याद नहीं? तुम्हारा वह कोच कहाँ गया? हमने-तुमने अपनी नाप-जोख के मुताबिक, वह कोच खरीदा था? या उस पर आजकल अजय राय सोते हैं? यानी अब उनके सौभाग्य के दिन लौट आये हैं, यह कहो न?"

वह हँसते-हँसते बाहर निकल आया। उसकी बात सुनकर मेक-अप तले लतिका राय का चेहरा कितना फक्क पड़ गया, यह देखने के लिए वह नहीं रुका। हँसते-हँसते, वह बेस्वाद हँसी उसके चेहरे को कड़वा बना गयी। इसके बावजूद विजय वहाँ रुक नहीं पाया।

घर के करीबवाले पार्क तक पहुँचकर, वह लोहे की रेलिंग के सहारे झुक पड़ा और अपनी हँसी रोकने की कोशिश की। लेकिन वह हँसी रोक नहीं पाया।

हँसते-हँसते उसकी छाती में दर्द होने लगा। विजय पार्क के अन्दर आकर बैठ गया। वह बूढ़ा भिखारी आज भी वहाँ बैठा हुआ था। टिन के मग से सिकोरे में उड़ेल-उड़ेलकर चाय पी रहा था। उसे देखकर विजय को एक भूली हुई कविता याद आने लगी—

इस समय, दिन ढले, आधे-अधूरे, कुँवारे भिखारी तीन जन, बेहद प्रशान्त हुआ मन!

उसके मन में एक नयी बात सूझी।

वह उठकर जाए और उस भिखारी से पूछे, "बाकी दो जन कहाँ हैं?"

जैसे ही उसे यह ख़याल आया, उसके मन में जाने कैसी तो धारणा जाग उठी कि ये तमाम बातें काफी महत्त्वपूर्ण हैं। घर लौटकर, यह सब लिख रखना ज़रूरी है।

वह जल्दी-जल्दी घर लौट आया। कमरे में सामने ही एक किताब पड़ी थी। उसने उसी किताब पर लिखा–

"आज भी उस एक भिखारी को देखा। बाकी दो जन नहीं थे, हालाँकि कवि जीवनानन्द दास के अनुसार तीन लोग होने चाहिए थे। सिर्फ़ तीन लोग नहीं, और भी कुँवारे तीन भिखारियों का वहाँ होना ज़रूरी था। और समय दिन का अन्त होना चाहिए यानी दिन ढले! अभी बारह बजे हैं। लेकिन बारह बजे के समय ही दिन खत्म क्यों नहीं हो जाता? इसके लिए सूरज का डूबना क्यों ज़रूरी है?

लेकिन वहाँ कुल एक ही भिखारी बैठा था। बाकी दो कहाँ गये? वे दोनों क्या मर गये? जीवनानन्द दास तो मर गये। तब वे दोनों भी मर गये होंगे! बप्पा भी मर गये? बूला भी मर गयी है। लेकिन मर जाने के बाद भी बूला ने मुझसे बात की। फिर वे दोनों...वे दोनों भिखारी ही, मर जाने के बाद भी, पार्क में बैठे क्यों नहीं थे?"

बाद में वे सब लिखे हुए मनोभाव पढ़कर, विजय की मनोदशा समझ में आ गयी। मैंने यह लिखा हुआ पहले क्यों नहीं देखा? किसी ने क्यों नहीं समझा कि विजय ज़रा-ज़रा करके, किसी अवश्यम्भावी, निश्चित परिणति की ओर जा रहा है?

विजय की बातों में ही क्या उसका जवाब छिपा था? उसके बाद ही विजय ने लिखा है–

These 'why' have no answer,
The answers have died,
And when did they die?

उसके अपने ही भीतर कोई बहुत बड़ा गोलमाल हो रहा है और उस गोलमाल के हाथ से अपने को बचाना होगा—विजय के मन में यह ख़याल उसी समय आया था, क्योंकि तभी उसने नौकरी की तलाश शुरू कर दी। चाहे कोई भी नौकरी, जिसके सहारे वह ज़िन्दा रह सके। अपने हाथों से मुक्त होने के लिए, अपने विचित्र-विचित्र ख़यालों और विचारों से बचने के लिए, कोई काम ढूँढ़े बिना, और कोई उपाय नहीं है।

उन्हीं दिनों उसने एक और किताब के पन्ने पर लिखा था—

"—आज भी तीन-तीन दरखास्त भेजे हैं—अभी नहा-धोकर जैसे ही यहाँ आकर बैठा ही हूँ, वैसे ही मेरा मन, मेरे अन्दर से निकलकर खाट के नीचे जा बैठा है। कल मेरा मन, बैंजनी रंग का पाखी बनकर उड़ता फिर रहा था। उसे पकड़कर, अपने अन्दर भरने में मुझे बेहद तकलीफ हुई थी, क्योंकि उसके बाद ही मेरे सिर में भयंकर दर्द शुरू हो गया था।

आज मेरा मन फीके-भूरे रंग की लम्बी बिल्ली बन गया है। वह मेरी तरफ एकटक देख रही है और अपने पंजे चाट रही है। उसमें कोई व्यस्तता नहीं है। वह मुझे निहारे जा रही है और अपनी गुलाबी ज़ुबान से अपने पंजे चाट-चाटकर साफ कर रही है। उसने तय कर लिया है कि इसी तरह वह समूची रात मुझे तकलीफ देती रहेगी। मेरे अन्दर, मेरा मन न हो, तो मुझे अतिशय तकलीफ होगी। वह सोच रही है कि मैं उसे मुक्त छोड़ दूँगा। नहीं, मैं उसे मुक्त नहीं छोड़ूँगा वर्ना रात को सोते हुए मुझे तकलीफ होगी। बेहद तकलीफ होगी। रात को मैं सोता रहूँगा, और वह कमरे में घूमती फिरेगी। मुमकिन है, वह अँधेरे को अपने हाथ के पंजों में झपटकर, उससे खेलती रहेगी। मुझे फिर उस मृत सज्जन की कविता क्यों याद आ रही है?

नहीं, इस वक्त मैं अपने मन के बारे में सोच रहा हूँ। अब, मैं खिड़की-दरवाज़े बन्द करूँगा। नालियों तक में काग़ज़ ठूस दूँगा। जाने कहाँ से, कब वह भाग जाने की कोशिश करे, इसका कोई ठीक-ठिकाना है भला? उसके बाद, मैं उसे धर दबोचूँगा।

जब तक मैं उसे पकड़ नहीं लेता, तब तक वह बैठी-बैठी मुझे निहारती रहे और अपने पंजे साफ करती रहे। इसी तरह मेरा मन रोज़-रोज़ मुझे

तकलीफ देता रहता है। मैं जानता हूँ, इसके लिए मैं ही जिम्मेदार हूँ। मेरा मन ऐसा हो जाए, ऐसी इच्छा मैंने ही तो की थी।

लेकिन उसके साथ दौड़ लगाते हुए, मुझे भयंकर सिर-दर्द होता है; बड़ी तकलीफ होती है दिमाग़ में। बाद में मुझे कुछ भी याद नहीं रहता। बस, मारे दर्द के मेरा सिर फटता रहता है।

इससे, अपनी इस हालत से मैं रिहाई चाहता हूँ। मेरा मन ऐसा कुछ बन जाए, जिसे पकड़ने में मुझे तकलीफ न हो।

आज की रात, मैं मन ही मन मन्नत मानकर सोऊँगा कि मेरा मन कोई बेजान साँप या मरी हुई मछली बन जाए। ताकि उसे पकड़ने में मुझे ज़्यादा कष्ट नहीं होगा।

लेकिन, जब मैं वह मछली पकड़ने जाऊँगा, तो देखूँगा कि वह मछली बदबूदार, रपटीली और बर्फ जैसी सर्द है। उसकी आँखों से मुझे डर लगता है। वैसी आँखें मैंने अनेक इनसानों में भी देखी है।

"ना, मरी हुई मछली नहीं, तब मुझे घृणा होगी।"

बाद में, यह सब लेखन देखकर मनोचिकित्सक डॉक्टर ने कितनी ही बातें कहीं! समझायीं! उन्होंने ही हमें समझाया कि विजय का मन धीरे-धीरे, हर तरह के स्वस्थ मनोभाव खोता जा रहा था और किसी अँधेरे में उतरता जा रहा था, यह उसी का परिचय है। उस समय तक रोग काफी बढ़ गया था।

लेकिन, यह तो बहुत बाद की बात है। उन दिनों विजय दास बहुत कम ही लोगों ने याद रखा था।

उस समय विजय किसी की भी स्मृति में नहीं रहा। उस समय वह उस झरने के किनारे कोई जले निशान या राख के रूप में भी कायम नहीं था। जीवन के नित्यप्रवहमान स्रोत में बहते-बहाते इनसान उसे भूल चुका था और वहाँ महज़ कई दौर वर्षा का पानी सारा कुछ धो-पोंछ गया था।

अब, मैं उस झरने के किनारे सैर के लिए नहीं जाता। इस वक्त, जब मैं विजय के बारे में बातें कर रहा हूँ, यहाँ भी बारिश उतर आयी है। इस वक्त मैं बारिश देख रहा हूँ, झरती बरसात देख रहा हूँ और बड़े जतन से विजय की बातें याद करते हुए, बयान करने की कोशिश कर रहा हूँ, उसे मैं प्यार से याद करना चाहता हूँ—

To remember with love
To remember with tears.

विजय के उस समय के चिन्तन के तमाम स्वाक्षर, मैं कुमुद से माँग लाया था।

आजकल उन बातों को कभी-कभार देखता हूँ और दुःखी होता हूँ।

मुझे लगता है अगर मैं अतीत में खिन्न नहीं होता, नाराज नहीं होता, विजय को समझाने की कोशिश करता, तो शायद सच ही दोस्त जैसा कोई काम कर पाता।

उस समय ऐसा मौका ही नहीं मिला। मेरे मन में सिर्फ यही दुःख रह गया कि मैं विजय को हमेशा गलत ही समझता रहा।

एक आम-सा लड़का! व्यक्ति-पूजा का भेंट दे-देकर हम सबने उसे देवता बना दिया था। जब मेरी समझ में आया कि नहीं, वह भी व्यर्थता और अक्षमता से भरा एक आम इनसान है, उसी दिन हम सबका मन टूट गया। हम सब हताश-निराश हो गये।

मैं विजय की अपनी भ्रान्ति के बारे में नहीं जानता। उसकी कीमत तो वह अपनी जान देकर शोध कर गया है!

हम सबकी, मेरी भी इसमें परोक्ष भूमिका थी, इस बात से आज मैं इनकार नहीं कर सकता।

ज़िन्दा विजय से मैं यह बात नहीं कह पाया। अब मृत विजय से वह बात कहने का मन करता है। उससे यह बात क़बूल करने की चाह होती है।

दस

अचानक विजय को एक अदद नौकरी मिल ही गयी। मध्यप्रदेश के तेल कारखाने के दफ्तर में क्लर्क की नौकरी। उसे इण्डिया से बाहर जाना था। लेकिन इण्टरव्यू यहीं होना था।

नौकरी पाना उसके लिए बेहद ज़रूरी था, यह सोचकर इण्टरव्यू में जाने से पहले, उसने साफ-सुथरे कपड़े पहने। दाढ़ी बनाकर, नहा-धोकर वह फिटफाट हो गया।

जब खाने बैठा, तो सिर झुकाकर खाते-खाते अचानक उसने सिर उठाकर माँ से कहा, "एक काम से जा रहा हूँ।"

माँ खुश हुई या नहीं, पता नहीं चला।

विजय ने दोबारा कहा, "नौकरी के लिए..."

बहरहाल, इण्टरव्यू हुआ और उसे नौकरी मिल गयी।

ऑफिसर बंगाली थे।

उन्होंने कहा, "आप मेरे घर चले आएँ। वहीं आपसे इत्मीनान से बातें होंगी। आपकी तनख्वाह कुल मिलाकर तीन सौ रुपये होगी। लेकिन, आपको रहने के लिए घर मिलेगा। स्टाफ भी मिलेगा। फैक्टरी की कैण्टीन में खाना खा लिया कीजिएगा। उन सब जगहों में खर्च भी कितना-सा होता है। आपका पैसा जमा होता रहेगा। वहाँ खजूर और अंगूर खा-खाकर देखिएगा, आपकी सेहत भी लौट आएगी।"

विजय को जब पता चला कि उसकी नौकरी हो गयी है, तो उसके मन में कृतज्ञता का अहसास भर उठा। उसे लगा, नहीं, भाग्य ने उसके साथ सिर्फ मज़ाक़ ही नहीं किया है, उसकी ढेरों क्षय-क्षति की भी भरपाई कर देने की भी कोशिश की है।

अब, उसे लगा कि इस नौकरी के सहारे वह अपना एक स्वस्थ जीवन रच-गढ़ सकेगा।

उन दिनों विजय का मन जीने के लिए किसी तिनके का सहारा ढूँढ़ रहा था।

यह नौकरी उसे सख़्त खूँटा जान पड़ी।

अब, उसे भरोसा होने लगा कि वह जी जाएगा। विजय दास भी कहीं सार्थक हो सकता है, परिपूर्णता पा सकता है, यह नौकरी उसके लिए यह आश्वासन ले आयी थी।

नियुक्ति-पत्र का लिफ़ाफ़ा लिए, वह काफी हल्के-फुल्के मन से घर लौटा। अर्से से उसे इतना अच्छा कभी नहीं लगा।

ज़िन्दगी में शायद पहली बार वह खुश-खुश मन से माँ को आवाज़ देते हुए घर के अन्दर दाखिल हुआ, "माँ, मेरी नौकरी लग गयी, माँ! मुझे काम मिल गया।"

माँ हँसते-हँसते रो पड़ीं। विजय माँ से लिपट गया और माँ एक ही साथ हँसते-रोते आकुल हो उठीं।

सुजय और कुमुद भी किस कदर खुश हो उठे, बयान नहीं किया जा सकता। अपने भाई के लिए उन लोगों के मन में भी क्या कम दुःख था? उन लोगों ने भी क्या बचपन से ही, होश सम्हालने के समय से ही क्या यह सोचना नहीं सीखा, यह विश्वास करना नहीं सीखा कि उनका भाई कोई असाधारण कुछ है? उसके बाद, विजय जब बड़ा हुआ, उसके छात्र जीवन में, भाई से लिपटकर क्या उन लोगों के मन में भी गौरव नहीं होता था? माता-पिता के मन में दिनोंदिन, ज़रा-ज़रा करके एक आशा-भंग का दुःख बढ़ता गया था, उन लोगों के मन में उसकी कोई खास प्रतिक्रिया नहीं हुई थी, क्योंकि उन लोगों ने मान ही लिया था कि उनका भाई कोई असाधारण प्रतिभा है और हम सबकी ज़ुबानी सुनते-सुनते उन लोगों को भी विश्वास हो गया था और वह विश्वास और ज़ोर पकड़ता गया था कि समसामयिक समय में प्रतिभाएँ हमेशा समादृत नहीं होतीं।

उसके बाद, जब अपनी ही अनूदित कहानी के उस क़ैदी की तरह, विजय के सामने एक-एक खिड़की बन्द होने लगी, उसकी धरती निर्ममभाव से सिमटने लगी, तब सुजय और कुमुद, विजय को देख-देखकर व्यथित होते रहे; दुःखी होते रहे।

आज, जब विजय को नौकरी मिल गयी और उसने भाइयों को बुलाकर नियुक्ति-पत्र दिखाया, वे लोग जैसे नये सिरे से आश्वस्त हुए; खुश हुए। भाई को काफी दूर चले जाना होगा, मानो यह भी बेहतर था! मानो यह भी बेहद खुशी और राहत की बात थी।

पुराने दिनों के जितने भी जाने-पहचाने लोग थे। उनके पास जा-जाकर सुजय और कुमुद वह खुशखबरी दे आये।

तपन उसके घर आकर, विजय को अभिनन्दन ज्ञापित कर गया।

उसने कहा, "जाने से पहले, तुम्हें हम सबको खिलाना होगा, विजय'दा, कहीं चकमा मत देना।"

माँ कालीघाट जाकर पूजा दे आयीं। विजय को क्या-क्या खाना प्रिय है, इतने वर्षों जैसे वे भूल ही गयी थीं। अब, वही सब सामान जुटाकर,

वे तरह-तरह के व्यंजन बनाने में जुट गयीं। पोस्ट-ऑफिस के एकाउण्ट से रुपये निकालकर सुजय और कुमुद, भाई के लिए सूटकेस, होल्डऑल, कपड़े-लत्ते-जूते—ये सारे सामान खरीद लाये।

उसके सुख में सभी सुखी हुए हैं, यह देखकर विजय भी खुश हुआ। अब, वह माँ के पास बैठकर बातें करता, अपने बप्पा की चर्चा करता, भाइयों से गपशप करने लगा। किसके मन को उसने कब आहत किया, किसके साथ उसने दुर्व्यवहार किया, वह सब याद करने की कोशिश करता रहा।

इतने सयाने बेटे का यूँ बच्चे की तरह माँ को खुश करने की सकरुण कोशिश देखकर, माँ की छाती दर्द से टीस उठी। उन्हें लगता रहा कि बहुत सारे साल, प्यार-दुलार पाने का ढेर सारा समय, विजय ने व्यर्थ ही गँवा दिया। इसीलिए वह ज़िन्दगी के टूटे-फूटे टुकड़े बटोरकर इस तरह जीने की कोशिश कर रहा है।

विजय को जिस सज्जन ने नौकरी दी थी, वे बेहद ममतालु और मिलनसार जीव थे।

उन्होंने कहा, "आप मेरे यहाँ चाय पीने ज़रूर आएँ। मैं हेड-ऑफिस का बन्दा हूँ। आपका हमेशा मुझसे ही वास्ता पड़ेगा।"

विजय उनके मेण्डेविला गार्डेनवाले मकान पर भी गया।

बेहद खूबसूरत मकान! काँच के बड़े से हौज में बत्तख तैरते हुए। बगीचे में सफेद-सफेद खरगोश फुदकते हुए! घनी-हरी घास! बरामदे और सीढ़ियाँ भी हरी कालीन से ढँकी हुईं! सहसा यह भ्रम होता था, मानो घास की कालीन की लहरें ही घर-कमरे तक आ घुसी हों।

बरामदे में बैठे-बैठे, उस अधिकारी ने विजय के सामने सिगरेट की टिन खोलकर रख दी। उसके सामने चाय के साथ-साथ नाश्ते का लम्बा-चौड़ा आयोजन!

उन्होंने कहा, "आप ठहरे एम.ए. पास इनसान! वहाँ रह पाएँगे? वैसे वहाँ आपको अच्छा ही लगेगा, जानते हैं? तीन वर्ष तकलीफ उठाकर, वहाँ रहें, उसके बाद वे लोग ठीक इण्डिया में ले आएँगे। अच्छा, आइए, अपनी पत्नी से आपका परिचय करा दूँ। वह खासी पढ़ी-लिखी है, समझे? साहब, मेरी तो महा-मुश्किल है। मैं खुद तो तेल का व्यापारी हूँ, लेकिन घर में विदुषी पत्नी है।"

अपने मज़ाक़ पर वे खुद ही हँस पड़े। विजय को हँसने की ज़रूरत नहीं पड़ी।

उन सज्जन ने ज़ोर-ज़ोर से आवाज़ लगायीं, "ए-जी, सुनती हो! ज़रा, सुन जाओ, भई! ए-जी!"

निहायत हसीन, लक्ष्मी जैसी एक महिला, अपने दो-दो बच्चों के हाथ थामे, हाजिर हुईं।

वे कहते-कहते ही आयीं, "मुझे बुला रहे हो? मैं तो बच्चों के पुरस्कार-समारोह में जा रही हूँ!"

सज्जन ने कहा, "इनसे परिचय करती जाओ! ये सूडान जा रहे हैं।"

हाथ जोड़े-जोड़े, भद्र महिला मुस्कुराते हुए विजय की ओर मुड़ीं। विजय ने भी हाथ जोड़े। अचानक दोनों के जुड़े हुए हाथ, झूलकर छाती पर आ पड़े। विजय की आँखों में अविश्वास! नहीं, ऐसा नहीं हो सकता। उसका भाग्य उससे इतना निर्मम मज़ाक़ नहीं कर सकता।

माधवी की निगाहों में पहले तो घोर अविश्वास फूट पड़ा, अगले ही पल वह परम विस्मय से भर उठी और अन्त में उन्हीं आँखों में करुणा आ समायी।

उसने सिर्फ इतना ही कहा, "तुम?"

विजय भी अपनी आँखों पर हथेली रखे, उठ खड़ा हुआ, "न-हीं!"

"तुम्हारी यह क्या हुलिया हो गयी है?"

"ना! ना!! ना!!!"

विजय प्रायः चीखते हुए, दुर्वार आघात को धकियाते-धकियाते, बाहर निकल गया। अन्धे की तरह गली पार करके, वह सड़क पर निकल आया। एक टैक्सी उसे लगभग कुचलने ही वाली थी। तीखा हॉर्न बजाकर, पिच के ऊपर टायर घिसटते हुए, टैक्सी कुछ दूर पर ठहर गयी। विजय बाल-बाल बच गया। उस वक्त उससे ठीक तरह खड़ा भी नहीं हुआ जा रहा था। जिस टैक्सी से वह कुचला जानेवाला था, वह उसी पर सवार हो गया।

पृथ्वी गोल है, मगर उसका वृत्त इतना छोटा है? आज, जब वह नये सिरे से जीने की कोशिश कर रहा है, तब उसकी तकदीर ने उसे लाकर माधवी के सामने खड़ा कर दिया? माधवी के पति ने उसे नौकरी दी और उसे माधवी के दरवाज़े पर जाकर खड़ा होना पड़ा?

जो माधवी किसी दिन उसे और सिर्फ उसे ही प्यार करती थी; जो माधवी अपने दिल का भरपूर प्यार निवेदन करते हुए, उसके हाथों चरम अपमानित होकर लौट गयी थी, विजय आज उसी के दरवाज़े पर कृपाप्रार्थी हुआ? जीवन की इस चरम पराजय के हाथों से उसे कौन मुक्ति देगा? मृत्यु? यह पृथ्वी तो उसके लिए कभी ही छोटी हो आयी थी, लेकिन विजय ने तो कभी, कोई शिकायत नहीं की। लेकिन इसी वजह से पृथ्वी इतनी छोटी हो आएगी कि उसे और माधवी को यूँ आमने-सामने खड़ा होना होगा? माधवी ऊपर खड़ी होगी और नीचे? विजय तो इसकी कल्पना भी नहीं कर सकता था। उसके सामने समूची दुनिया मानो घूमती रही। उसे लगा, ट्रेन की तीखी सीटी की तरह उसके आस-पास के आकाश-वाताश को निपट गूँगा बनाती हुई, विद्रूप के ठहाकों से फट पड़ी हो। यह अट्टहास उसकी तकदीर का था। किसी दिन विजय दास ने अपने भाग्य को स्वीकार नहीं किया था। वह भाग्य के मुँह पर चुटकी बजाकर, उसने विजेता बनने की कोशिश की थी। उसकी तकदीर यह चरम प्रतिशोध लेने के लिए ही मानो इन्तज़ार कर रही थी।

विजय अपने दोनों कानों पर हाथ रख लिया। वह उस अट्टहासी हँसी की आवाज़ किसी हाल भी दबा नहीं पा रहा था। वह भयावह आवाज़ उसके अन्दर जा-जाकर विस्फोट बनकर फट रही थी।

अपने घर वह कैसे उतरा, कैसे घर के अन्दर दाखिल हुआ और सीढ़ियों से ऊपर आया, यह वही जाने। अपने कमरे में जाकर उसने दरवाज़ा अन्दर से बन्द कर लिया। इसके बावजूद अट्टहास की वह आवाज़ उसका पीछा करती रही। वह कई-कई सीढ़ियाँ लाँघकर ऊपर आया! वह आवाज़ भी उसके पीछे-पीछे उछल-उछलकर उसके साथ रही। विजय ने अपने कानों पर हाथ रख लिया और बार-बार दोहराता रहा—ना! ना!

वह आवाज़ उसके पीछे-पीछे ऊपर तक आकर, सीढ़ी के सिरे पर उसकी राह रोककर खड़ी हो गयी।

विजय क्या दोबारा नीचे उतर जाए? नीचे उतरकर भाग खड़ा हो? सीढ़ी का घुमाव पार करते हुए विजय अपने को सम्हाल नहीं पाया। वह सीढ़ी से पहले तीन सीढ़ियाँ लाँघकर, लड़खड़ाकर चौथी सीढ़ी पर आ पड़ा, चौथी सीढ़ी से टकराते-लुढ़कते नीचे आकर गिरा और एकदम से ख़ामोश हो गया।

माँ ने चीखकर बेटों को आवाज़ दी। विजय को धर-पकड़कर ऊपर ले आये। विजय का सिर एक ओर लटक गया। मुँह से झाग निकलती रही।

डॉक्टर बुलाया गया। टोकरी भर बर्फ मँगाया गया। उसे होश में लाने की कोशिश होती रही। उसकी देह का दिमाग़ पर, मानो कोई काबू न हो, इसलिए उसके हाथ-पाँव काँपते रहे! वह रह-रहकर ढलक जाता था और उसकी उँगलियाँ तुड़-मुड़कर हवा को पकड़ने की व्यर्थ कोशिश करती रहीं।

आधी रात को उसको होश आया, अगर उसे होश कहा जाए। विजय ने आँखें खोलीं।

पूरी-पूरी तरह अप्रकृतिस्थ दृष्टि! अपना सिर अस्वाभाविक ढंग से इधर से उधर तक घुमाकर विजय ने देखा। ऐसा बिल्कुल नहीं लगा कि वह किसी को पहचान पा रहा है। आँखें भी अस्वाभाविक ढंग से लाल-सुर्ख! उसके चेहरे के भाव देखकर दोनों भाई बेतरह डर गये।

अचानक विजय ने पूछा, "कुमुद, दीवार पर यह किसकी छाया है, रे?"

"कौन-सी? कैसी छाया?" कुमुद ने भाई की दृष्टि का अनुसरण किया, दीवार की तरफ देखा और जवाब दिया, "वह तो तुम्हारी ही छाया है? भाई!"

"मेरी छाया?" विजय करुण नज़रों से छाया की तरफ देखता रहा। उस छाया की ओर देखते हुए, फ़र्श पर अपना चेहरा रगड़ते हुए, कुत्तों की रुलाई की तरह वह दीर्घ और तीव्र स्वर में आर्तनाद की मुद्रा में रो पड़ा।

"मैं अपनी छाया को पकड़ नहीं सका! किसी हाल भी नहीं पकड़ सका!"

विजय पागल हो गया!

उसके बाद, विजय चुप मार गया। उसके बाद, जितने भी दिनों वह घर में रहा, किसी से कोई बात नहीं की। उसने एक बार भी अपनी ज़ुबान नहीं खोली।

काफी खोज-ख़बर लेने के बाद, तपन ही मध्यप्रदेश के किसी पागलखाने की ख़बर ले आया।

जो सब नये-नये सामान लेकर विजय को नौकरी पर जाना था, वही सब लेकर, विजय पागलखाने की ओर रवाना हो गया।

उसके कहीं जाने की बात थी और वहाँ पहुँचने के लिए उसे सजने-धजने

की ज़रूरत है, यह ख़याल विजय के मन में शायद कहीं बसा रह गया था। बेहद आज्ञाकारी बच्चे की तरह, शान्त भाव से उसने कपड़े-जूते पहन लिए। माँ से उसकी सूरत की तरफ देखा नहीं जा रहा था।

उसने माँ से कहा, "माँ, मैं जा रहा हूँ! कुमुद मुझे ले जा रहा है।"

वे दोनों फोरटीन-अप से रवाना हो गये। रवाना होते समय, विजय ट्रेन में चुपचाप बैठा रहा। वह ख़ामोश मुद्रा में ट्रेन की आवाज़ें सुनता रहा।

रात के जब बारह बजे, उसने कुमुद का हाथ थामकर कहा, "कुमुद, अगर मैं लौट आऊँ, तो मेरे ये दोनों पाँव काटकर छोटे कर देना।"

कुमुद ने सहमकर जवाब दिया, "ऐसा मत कहो, भाई!"

विजय ने कहा, "क्यों, रे? काटकर, बस, बराबर कर देना। तब मेरी छाया, मेरे बराबर-बराबर हो जाएगी। तब मेरी छाया यूँ मेरे सिर के ऊपर तक नहीं रहेगी। तू नहीं जानता, कुमुद, मैं उस छाया को पकड़ नहीं पाता! मालूम है, मुझे कितनी तकलीफ होती है? वह छाया लगातार ऊँची-ऊँची उठती जाती है और मुझे परेशान करती है। मैं भयंकर कष्ट से मर जाता हूँ, कुमुद!"

कुमुद ने अनुनयभरे लहजे में कहा, "भाई, ज़रा सोने की कोशिश करो! जरा देर सो लो। देखना, रात के बाद भोर हो जाएगी। हम पहुँच जाएँगे, भाई!"

"बस? सोते ही पहुँच जाएँगे?"

"हाँ, भाई, सो लोगे, तो तुम्हें अच्छा लगेगा।"

"अच्छा लगेगा, है न, कुमुद?"

"हाँ, भाई!"

"अच्छा, तो मैं सो जाता हूँ।"

यह कहकर विजय आज्ञाकारी बच्चे की तरह लेट गया। लेटकर, खिड़की की तरफ बाहर की ओर चेहरा किये उसने आँखें मूँद लीं।

ट्रेन उस वक्त किसी पुल से गुज़र रही थी। गुम्-गुम् आवाज़ों का शोर गूँज उठा। फोरटीन-अप अपनी लाल-सुर्ख आँखों से रात के अँधेरे को चीरकर आगे बढ़ रही थी। छड़ा बोलने के लहजे में, विजय गुनगुनाते हुए जप करने लगा—"सोते ही पहुँच जाऊँगा मैं! सोकर मुझे अच्छा लगेगा। सोते ही मैं पहुँच जाऊँगा! सोकर मुझे अच्छा लगेगा।"

विजय ने सोने की कोशिश की।

लेकिन उसी वक्त, काफी दूर से, मानो इस ट्रेन की आवाज़ को दबाते हुए, कोई और आवाज़, और ज़ोर-ज़ोर से करीब आती रही। कौन आ रहा है? क्या आ रहा है? विजय के कान उत्कीर्ण हो उठे।

उस वक्त रात के दो बजने में पाँच मिनट बाकी थे। दो बजने में तीन मिनट बाकी रहते-रहते बम्बई मेल पास कर जाएगी और फोरटीन-अप अपनी रफ़्तार कम कर देगी। जब दोनों ट्रेनें किसी एक खण्डित पल के लिए आमने-सामने होंगी, उस वक्त आस-पास के पहाड़, वन-प्रान्तर की चुप्पी, किसी एक विराट शब्द के आघात से काँप उठेंगे। उसके बाद, दोनों ट्रेनें दो ओर चली जाएँगी। उसके बाद भी यही लगेगा कि जड़-स्थावर, दोनों जगत को पल भर के लिए कँपाकर, उसकी तमाम स्थिरता तोड़कर, वह गुम्-गुम् शब्द जैसे कहीं गुम हो गया। सिर्फ उसकी गमक भर कानों में बजती रहेगी।

विजय उठ बैठा! वे तमाम शोर धीरे-धीरे करीब आते गये। विजय का चेहरा बिल्कुल और तरह का हो आया। उसका समूचा चेहरा मारे उत्तेजना के काँप उठा। शोर और करीब आ गया। सारी नीरवता की असीम भयंकरता में ढँकते हुए शोर और करीबतर आ गया। विजय की आँखें जल उठीं। ट्रेन की आँखें भी जलती हुईं। अपनी लाल-लाख आँखों से विजय को डराती-धमकाती हुईं। वे आँखें उसे बुला रही थीं। हार-जीत के खेल में उसका आह्वान कर रही थीं।

विजय का सारा तन-बदन सख़्त होकर तन गया। वह अपनी दोनों हथेली बिस्तर पर रगड़ता रहा। उसकी नाक की पोपटें ज़रा-ज़रा फूलती रहीं। लम्बी-लम्बी उसाँसें निकलती हुईं। इंजन जैसा साँस-निश्वास!

लेकिन, यह क्या? उसकी ट्रेन धीमी क्यों पड़ गयी? लो, वह दानव तो सिर पर आ पड़ा। आकाश-वाताश विपुल गर्जन से कँपाते-कँपाते वह तो करीब आ पहुँचा। यह तो उसे हरा देने के लिए आया है।

"कुमुद! कुमुद! यह क्या हो रहा है? मैं तो हारता जा रहा हूँ। कुमुद! ओ कुमुद!" विजय चीत्कार कर उठा।

"भाई, शान्त हो जाओ! भा-ई!"

"नहीं, नहीं! पिछड़ जाने से नहीं चलेगा। मुझे जाना ही होगा! आगे बढ़ना ही होगा। कुमुद! कुमुद!"

कुमुद ने जी-जान से उसे जकड़ लिया। लेकिन, उस वक्त विजय के शरीर में पगलाये हाथी जैसी ताकत आ समायी थी। कुमुद भला उससे कैसे पार पाता? उसे एकबारगी झटककर, विजय उठ खड़ा हुआ। अपने भाग्य से आमने-सामने मुकाबला करने को वह उठकर खड़ा हो गया। भाग्य ने बार-बार उसकी वंचना की है। उसे बार-बार हराकर, कुचल-पीसकर, धूल में मिलाकर, अचानक कहाँ गायब हो गया!

लेकिन, आज?

"ना! ना!! ना!!! ऐसा नहीं हो सकता! यह असम्भव है! नहीं, कुमुद, ऐसा हरगिज नहीं हो सकता। कुमुद—"

कठिन आर्तनाद करते हुए, विजय ने खिड़की से बाहर छलाँग लगा दी। बम्बई मेल कठिनतर शोर मचाती हुई, ऊर्ध्व साँस, उसके ऊपर से होती हुई दौड़कर चली गयी। अपनी ज़िन्दगी की सारी व्यर्थता, वेदना, वंचना को उसने मृत्यु से निःसंकोच भाव से ढँक दिया। सिर्फ एक पराजित, वेदनाहत प्राणों का आर्तनाद, वहाँ की वाताश में रुलमिल गया।

उस वक्त फोरटीन-अप, उस स्टेशन की रोशनी के काफी करीब आ गयी थी...।

□□